爸爸，我们永远不分离

〔韩〕尹熙一 著

李润楠 译

中央编译出版社
CCTP　Central Compilation & Translation Press

一直在我身边的父亲

却被我渐渐遗忘的父亲

也许地球上所有的父亲都是如此

目 录

1 结婚前日

2 月 29 日　/002

2 最相信你的人

女儿的臭臭　/010

女儿，可我想说……　/017

今天我背叛了你　/021

3 你长大了，我也老了

连自行车也老了　/026

当时我还不懂　/032

女儿的婚礼　/039

谁在女儿？　/044

两个人的旅行　/048

你已经长大成人了　/056

我的爸爸是这样的人　/060

4 以父之名

为什么偏偏是我？　/066

不管怎样，必须活下去　/ 069

以父之名　/ 072

我也很快就走了　/ 081

茫然感　/ 086

星期一　/ 089

光下的那件黄色毛衣　/ 093

像你母亲吧　/ 098

5　替你母亲收下吧

抢救室　/ 106

一种忧郁　/ 108

我的妻子，你的母亲　/ 112

保险　/ 115

爸爸什么都没能留下　/ 118

身体　/ 123

6　渴望死亡

做那种梦　/ 128

爸爸的路　/ 132

7　最幸福的人

100 岁　/ 140

最幸福的人　/ 143

未来　/148

都那样走了　/153

等待　/156

狠心的人　/158

癀苦　/161

意外　/164

8　背影美丽的人

一点、一点填满空白　/170

美丽的背影　/173

偷偷地　/175

9　想着你

钱　/182

彩非　/184

讣告　/187

布告　/190

10　爸爸，求求你

前天晚上　/196

写给你　/199

回信　/202

后记　/207

所谓的永远，不就是把近在咫尺、奉若珍宝的事物
送到比你所能想到的更遥远的地方去吗？

——黄东圭,《永远在哪？》节选

结婚前日

2 月 29 日

　　许久未进过父亲的房间了。没开灯，先闻到了父亲的味道，那是不知从何时起渐渐淡薄了的味道。我曾喜欢过这个味道，也曾讨厌过这个味道，当然，也有过明明在一起却仍怀念着这个味道的日子。

　　母亲去世后，有一阵子，父亲的房间是我来打扫的。

　　"你干这活儿虽说算不上负担，不过，以后我的房间还是交给我自己吧。可能是上了年纪，感觉打扫卫生也挺有意思的。"

　　一天，父亲对我说要自己动手收拾房间，还买了台性能一般的小吸尘器回来。

　　吸尘器就放在桌旁，没插电，孤零零地立着。能看到滤尘器中的灰尘还没抖净。我说还是我来吧，可父亲坚持自己打开了吸尘器。

　　桌上放着黑色的笔记本电脑。打从年轻时起，父亲就一直喜欢读书、写作之类的事。我记得父亲经常会写点东西，然后神神秘秘地保存起来。如今，连笔记本也老了……还有父亲买回来的吸尘器、不知什么地方总是吱嘎作响的椅子，都老了。

一提起父亲，最先想到的是他敲着键盘的样子。父亲打字的声音特别响。噼里啪啦的，有时甚至在房间外都听得清清楚楚。

"当兵的时候学会的打字。10张白纸加9张复写纸，要一次性打完，所以打字声音才会这么响，手指头的劲也是那时候练出来的。"

记得有一次我和父亲一同去图书馆，坐在我旁边的那个人敲键盘的声音特别大，我对父亲抱怨了几句。回到家以后，父亲闪闪烁烁地仿佛刻意辩解一般，对我说了上面的那些话。

父亲那强劲有力的打字声，事实上是在告诉我父亲就在身边。只要一听到那个声音，我就会莫名的安心，好像在告诉我父亲始终都会在那里。

父亲打扫过的房间，边边角角仍旧积着尘，到处都是掉落的头发和换下的衣服。有一次，我略带责问的语气对父亲说，"爸爸，您这也算打扫过了？"父亲却耍赖似的边笑边说"那当然，都打扫过了。我觉得这样更舒服。"

父亲就这样竖立起自己独一无二的地位。无处不在的父亲的味道扑面而来，在我不知不觉之间，在工作时、上下班时、晚饭小酌时、用笔记本打字时……就在这些不经意的时间里。现在，我仿佛能理解父亲的味道了。恍然之间，我也到了无法诚实地吐露真心的年纪了。

巷口有间父亲常去的酒馆，现在这个时间，估计父亲正跟他的朋友们在那里把酒言欢吧。

"喂！少废话，赶紧出来，你得陪我喝一杯。今天脑子太清醒了，怎么都睡不着似的。明天不是我女儿出嫁嘛，我请客！"

父亲就这样一通接着一通的电话打着，把朋友们叫到了一起。晚上早早就出门了。

家里一点声音都没有。

墙上挂着的日历上，"29号"这一天被父亲用红笔反复勾上了好几圈。今天是2月28号，也就是说，明天我就要离开父亲的身边了。父亲的味道，打字的声音，特别是父亲渐渐老去的皱纹，都将离我远去。

我心想，不管怎样总要给父亲留几句话。该说什么好呢？千言万语在心头，面对父亲却羞于开口，不，是变得羞于开口了。从何时起开始这样的？开始变得与父亲疏远起来？我们不是一直在一起吗？不是一直有好多话想说吗？

打开父亲的笔记本电脑，按下了开机键。可能是笔记本款式陈旧的缘故，开机用了很久的时间。

在手指碰到键盘的那一瞬间，我感受到了父亲的体温。键盘上常用的按键已被磨得发亮了。特别是"R"和"K"两个键，字迹几乎都被磨掉了。不知是什么字让父亲这么频繁地使用"R"和"K"。

该不会是因为打我的名字时会用到"K"吧，正猜着呢，电脑终于进入了开机界面。很意外，电脑桌面特别干净，只有几个文件夹。在看到"全家福"这个文件夹时，我完全是下意识的点击了鼠标。

那是最近10年间，我们全家人所有的照片，按时间顺序汇拢到了一起。一张都没有落下。

或许，对父亲而言，这台笔记本是满载回忆的仓库吧。仓库自放进东西的瞬间起就开始一点点老旧，回忆就好比是从仓库里取东西一样，父亲把过去的岁月装进了笔记本。

还有一个叫"信件"的文件夹。我印象中，从未见过父亲给谁写过信或从谁那里收到过信。难道是电邮或是短信？父亲倒是经常跟我发发短信的。

我好想打开这个文件夹，实在是无法抑制这股好奇的冲动。尽管内心意识到打开这个文件夹就等于在偷窥父亲的"私生活"，但对父亲秘密生活的好奇心又使我把一切都抛诸脑后。

"信件"这个文件夹也十分整洁。这些文字应该也是度过了漫长的岁月的，被放置得整整齐齐。

　　第一封信写于十年前。那时父亲刚刚开始用笔记本电脑。直到现在，父亲打开笔记本电脑包装箱时那副自豪的表情还历历在目。记得我当时好像有问父亲是不是只有他有新东西，还缠着他给我也买上一个。

　　现在，和父亲共同的生活、共度的时光即将成为回忆，在最后的时间里，我想给父亲留一封信，溜进了他的房间。没想到，我却把写信的事情忘得一干二净，开始翻看起了父亲的信。

　　才只看了两行，心里就已经开始泛起酸酸的感觉了。

爸爸我呀

希望无论你是上了小学、进了中学、读了高中、升了大学……

还是踏入社会之后，我都会是让你觉得最舒服的出气筒

最相信你的人

女儿的臭臭

一阵凉爽的风吹了过来，就在那个时候。

粑粑啪的一声掉到了地上。没错，"啪"的一声。

变成了一个球的粑粑，啪的一声掉到了地上。

可能是比较大的缘故吧，所以才"啪"的一声掉了下来。

直到现在，当时那个"啪"的声音还记忆犹新。

可是，不知道是那坨粑粑活了过来，还是当时地不平的缘故……粑粑在移动。

咕噜，咕噜……

一米，还是两米？不对，应该还不到两米。那坨屎在白色的沙子上咕噜咕噜地爬着爬着，突然间猛地一下，停住了。

那天……对，那是一个雨刚刚停了的上午。应该没错。

生活中不是常有吗？雨停了的清晨，在前一天水流强势的冲刷后裸露出来的、干净平整的沙地，那种感觉能想象得到吧？

干净……没错，用干净来形容简直太恰当了。沙子干净到好像可以直接吃掉一样，就是那种干净的感觉。

粑粑就在那和沙地上围成了个小圆圈。

让我想起了跟你一起去面包店看到的甜甜圈。

为什么这么说？跟只有乒乓球大小的甜甜圈沾满了芝麻一样的感觉。

不管怎样，那坨粑粑当时啪的一下掉落，围成个圆圈，浅浅的沾了沾沙子后滑动了一下子，停住了。

风还在吹着，和煦的春风。应该没错，应该是春风。一阵和煦凉爽的春风拂过。

那阵风快速地带起了粑粑的味道，又一同消失在了松树的枝桠间。

"啊哟，真臭。"

我捂住了鼻子，屏住了呼吸。

接着又用另一只手不停地扇。

我的脸当时应该特别难看吧。

就在这时，你开口说话了。

"女儿的粑粑臭吗？爸爸你干吗这样？你是嫌弃自己的女儿吗？"

你盯着我的脸看了一会。

那表情好像在问"爸爸你该不会是嫌弃我吧？"

现在我可以说了。

那天，我特别想闻闻那股溢满香气的味道，

就算没有那阵不应景的风带走了味道……

我想说，你的粑粑一点都不臭。

对爸爸我来说，让我一点都不觉得臭的粑粑，这个世界上也只有你的啦。

爸爸一直很忙，就连你出生的那天，就连那天都很忙。

我连你和你妈妈出院的手续都没来得及办就出差了。

所有的事情都交给了你奶奶，爸爸总是这样的忙。

和你在一起的时间也并不多吧。

也许正因如此，爸爸总是怀念你的香气。

你身上所有的味道我都喜欢，甚至连你拉出的粑粑的味道，我都喜欢。

那天也不例外。

你突然间吭哧吭哧说要拉粑粑，我便把你带到了附近的空地去。

心想着还没闻过我闺女的粑粑呢？

原本是这样打算的，没想到那阵风把粑粑的味道都抢走了。

为了逗逗你才故意做出嫌弃的表情。

嘴里说着"哎哟，真臭。哎哟，臭死了"，都是在故意逗你的。

"女儿的粑粑臭吗？"

是的，我永远都忘不了那句话。这是我从你那里听到的而且在脑海中保存时间最久的话了。

知道为什么吗？从"女儿的粑粑臭吗？"这句话里，我感受到了你对爸爸"无比的信任"。

那是女儿对爸爸的信任，相信爸爸会无条件地接受女儿的一切。

就算全世界所有人都不理我，爸爸你不能！

就算全世界所有人都怀疑我，爸爸你不能！

就算全世界所有人都讨厌我，爸爸你不能！

就算全世界所有人都背叛我，爸爸你不能！

就算全世界所有人都伤我的心，爸爸你不能！

"爸爸你不能抛下我……至少爸爸你不能！"

我记得你对我这样说。

是的，好像就是从那时起，爸爸下定决心绝不会辜负你的期待。

下决心绝不辜负女儿的期待。

绝不让你因为我的缘故伤心。

绝不让你因为我的缘故难过。

下决心让自己成为你"最后的支柱"。

我是

最相信你的人。

最爱你的人。

最会包容你的人。

最愿听你发牢骚的人。

最理解你心中忧愁的人。

最能守护你的人。

这是全世界最帅气的话了。

女儿，你知道吗？

无论你对我是抱怨、还是没大没小，甚至是破口大骂，我都不会生气。

因为我知道，在这个世界上你需要一个能够在他面前放下防备，去发火、无拘无束、甚至破口大骂的人。

是生活教会了我这个道理。

不管是多么要好的朋友，还是尊敬的老师，没有任何人能够接受另一个人的全部。

爸爸我呀，希望无论你是上了小学、进了中学、读了高中、升了大学……还是踏入社会之后，我都会是让你觉得最舒服的出气筒。

所以呢，不管你对我怎么发火，怎么耍赖，都没关系。

"这个世上，你能够随心所欲对待的人，就是我要成为的那个人。没错，就让我这个父亲来接受你所有的抱怨和脏话吧。"

我是这样想的。

我是这样与自己约定的。

一切都源于我女儿那坨圆圆的、可爱的粑粑。

养育你的过程中什么时候最幸福？

数不清的时光都因为你的存在而倍感幸福。

很难要我选出哪一个是最幸福的瞬间，

因为是你带给了我难以名状的快乐啊……

女儿，可我想说……

有件事一直让我放心不下。

我可以遵守跟你之间所有的约定，但有一件事让我放心不下。

"死亡。"

是死亡。爸爸比你的年纪大了太多，肯定是要比你先面对死亡的吧？

可以说这是上天注定了的。

不管你多么努力地长大，也都无法追上爸爸的年纪，我的年纪也只会越来越大。

我说的没错吧？所谓的人生细想想不就是这样吗？

没错，我要比你先面对死亡。

一想到这，又多了一个担忧。

你说过，我不能做任何让你伤心的事，对吧？

这样看来，只有这一件事是不可避免的了。

你是那样地爱着爸爸，为爸爸着想，有什么会比爸爸的死让你更伤心呢？

想到这里，我的大脑一片空白。

我要比你先死去。

我明白死亡也将打破我与你之间的约定。

我该怎么办？有什么办法能让我无论如何都会长久地活下去，等你寿命已尽，我再死去呢？

死亡。

这便是我恐惧死亡的原因。

我的死亡会令你难过伤心，这是让我最害怕的事。

所以我第一次想到了"没有死亡的离别"。

没有死亡的离别。没有什么是比死亡最致命的离别了吧，所以爸爸才会产生了这样的想法。

所以我的结论就是"离开"你。

到一个你无法到达的地方，永远地生活下去。去一个你绝对去不了的遥远的地方，永远地生活下去。

爸爸曾这样想过。非洲或是阿拉斯加、南美洲、印度的某个小村庄……到一个你联系不到的地方去，永远地生活在那吧。即便我死在了那里，也让你无从知晓。

这样一来，在你的心里爸爸就会永远地活着。我在你心里一直都是离开前的样子，你就会这样一直等待着我的消息。

当然，爸爸总有一天会死去。总有一天你也会知道这个事实。

我绝不会告诉你我的死讯，在你心里爸爸永远都活着的想法也是极度不现实的。

可是我常常会有这样自私的念头。

"哎呀，一定要健健康康的呀。爸爸没准就不回来了。我就去一个你绝对找不到的偏远山沟里，在那里服务大众，与这个世界做个离别。"

不懂事的我说出这样的话，即便你不用面对爸爸的死亡，也会有要与爸爸永远分别了的感觉吧。

不管怎么说，爸爸都觉得死亡才是最大的"背叛"。

难道不是吗？向你承诺绝对不让你因为爸爸的缘故伤心、难过，可我却这样死云，如果这还不算是背叛，那什么才算呢？

爸爸想好了，绝对不会背叛你。

我想好了，无论发生什么事，都不要让你因为我的缘故落泪。

离开，远远地离开。我想去一个包括你、包括所有人在内都不知道的地方，做一个"永远的离别"。

可又一想到，要让爸爸至爱的你一辈子担心我的安危，在忧虑中生活，这样不懂事的计划便只能作罢。

女儿，可我想说……

今天我背叛了你

要先从结论开始说起了，真的很抱歉。

我今天想说说要背叛你的事情。

下定决心绝不让你因为爸爸的缘故伤心，这样的我却开口说出了要背叛你的话。

对不起。

是的，我现在满脑子想着死亡。

就是说，我正准备背叛与你所有过去的回忆。

现在这个时刻，我想"终结"了自己。

现在这个时刻，我在想着结束我这并不漫长的人生。

没错，我用了"终结"这个词。

"终结"这个词里，你能闻到"主动"的味道吗？

有没有感受到一种所有东西都要按我的心意、按我的意图来做的意思？

也许我还有种耍帅的意思在里面吧。

我要按我自己的心意来了结自己的人生，直到最后我还是想要帅啊。

说得更简单点，就是我想帅气地画上人生的句号。

一看就知道，这里面包含着我不愿拖泥带水地结束人生的意思。

我从小就这样，特别讨厌拖泥带水。

也许是因为自尊心强的缘故吧。

小学时，我很讨厌我的母亲来学校。我担心别人会从母亲的表情中抓住我的弱点，或是害怕因为母亲常来学校让别的孩子觉得我是个"妈宝男"。

不管怎样，总之我是极其讨厌母亲来我们学校的。

我还讨厌在学校吃便当。

感觉就好像是把家里的样子拿给外人看一样。在家里，就算是吃糠咽菜我都能忍，可让我在朋友面前拿出"寒酸"的配菜，我真的受不了。

我只好对朋友们说谎。

我向来是只吃米饭的。光吃饭，如果噎到了，就喝水。一来二去觉得太麻烦了，干脆就把米饭泡到水里稀稀地几口喝光。

　　朋友们见我这样子都会问，"你不吃菜吗？"我通常的回答都是"嗯，我不喜欢吃菜"。

　　这个世界上会有只喜欢吃白饭不喜欢吃菜的人吗？！

　　我的自尊心就是这么的强。

　　在人前可怜兮兮的样子，比死更让我难以忍受。

　　特别是在有权势的人、有钱的人面前，点头哈腰的比死更令人讨厌。

　　当我更老了，躺在病末上需要依靠别人的力量活着，因为没有钱而给你造成负担或是需要看别人的眼色活着，这些都是我不想面对的。

　　没错，也许我就是为了我自己而想背叛你。

忘了是从何时起，

你坐在自行车后座却不再搂住爸爸的腰。

但我仍旧很幸福。

在爸爸身后缠着要回家的你，

是那样的可爱、漂亮，让我对生活充满感恩。

3

你长大了，我也老了

连自行车也老了

养育你的过程中什么时候最幸福？

数不清的时光都因为你的存在而倍感幸福。

很难要我选出哪一个是最幸福的瞬间，因为是你带给了我难以名状的快乐。

我想起了一件你上高中时的事情。

大韩民国的高中生活真是惨烈啊。

爸爸很心疼。

我深爱的女儿从早到晚都被固定在学校里，这让我心疼。

爸爸对我们国家的教育制度深恶痛绝。

这种教育，并非因材施教，而是让所有孩子都学习同样的东西。我对我们国家的教育制度感到十分厌恶。

但爸爸却没能正面挑战这种教育制裁。

虽说只要下决心就能够选择非传统学校或是农村学校之类的全

新教育制度，但只是这样说而已。

爸爸还是把你送进了普通的高中。

看着为了考大学而在人文系高中就读的你，我很愧疚，很难过。

每次你上完晚自习我都会去接你。骑着那辆车把前绑着塑料筐的红色自行车。

在学校附近胡同里等你时，每每看到你耷着肩膀从学校走出来的样子，我的内心都会生出愧疚之情。

你坐上自行车的后座。

你跟我两个人的体重合起来足足有一百公斤，可自行车还跑得挺好。

爸爸和你一起坐着自行车的时间最长也就 20 分钟。

那段时光可能是爸爸最幸福的"瞬间"了吧。

如此看来，感谢上天让幸福的时光就这样持续了三年。

爸爸负责骑，你坐在后座上。

我觉得那是你和爸爸最近距离接触的时刻。

我说的这个距离并非是物理上的距离，而是真心觉得当时我们之间在心理上也是那样的亲近。

你不是那种会跟爸爸讲学校里那些琐碎事情的孩子。

只是在问到你的时候，才简单回答几句而已。

有时候，我是说在你心情不好的时候，你干脆就戴上耳机听音乐，好像根本听不到爸爸讲话一样。

忘了是从何时起，

你坐在自行车后座却不再搂住爸爸的腰。

但我仍旧很幸福。

在爸爸身后缠着要回家的你，是那样的可爱、漂亮，让我对生活充满感恩。

与爸爸坐一条船，不，是一辆自行车的关系，这可能是世界上最牢固的关系了。难道不是吗？

偶尔，你坐在自行车上也会朝爸爸发脾气。发脾气这点究竟是像谁呢？当然，肯定是我跟你妈妈其中之一啦。

不管怎样，爸爸并没有做错什么，也没问过不该问的事情，你却经常对我无缘无故发脾气。

"也是，在这个世界上我女儿能够随随便便发脾气的人，除了爸爸之外还能有谁呢？"

爸爸就是这样，也应该这样。

"我的女儿也许没办法放下防备，对朋友们发脾气、使性子吧。在这个世界上，有能够对朋友胡乱发脾气的人吗？没错，在外面有压力了就尽情地跟爸爸发泄吧。"

爸爸想成为你最后能够依靠的大山。

我常常会有这样的想法。

"累了就过来吧。跟朋友吵架了觉得累了就来爸爸这吧。面试总是不过也来找爸爸吧。结婚之后难免会跟丈夫拌嘴吧？那个时候也到爸爸身边来吧。这样的事情是不该出现的，不该有这样的事情，可万一，万一你将来离婚了，没地方可去的时候，就来找爸爸吧。"

爸爸是那样努力地蹬着自行车。

骑车驮着已经长大了的你爬坡不是件容易的事，不知道爸爸当时的力气是从哪里来的。

你坐在自行车后座上时，我偶尔也会叫你抓紧爸爸。

那时好舒适，那时好温暖。

你小的时候，爸爸会抱着你、背着你，偶尔还一起打滚。

可当你一天天长大，上了中学，又过了几年升了高中，再想像小时候那样是更困难了。

你不知我有多讨厌时间。

你依然是爸爸的孩子。

不管你是上了中学，上了高中，你都依然是爸爸眼中的孩子。

所以有时我会摸摸你的头，摸摸你的背，慢慢地你开始摆出一幅讨厌的表情。

"爸爸你变态呀？"

"没错，我是变态。怎么摸摸自己的女儿也成变态啦？"

像这样的对话真的太多了。你慢慢变得越来越尖锐，爸爸连你的头都不能碰了。

这种情况之下，你能坐在我身后一起回家，怎能不让我快乐？

或许可将其称为自行车给父亲拾回的幸福？

我们爬上坡再飞快地下坡时，不知不觉间，原本闷闷不乐的你也开始笑了起来。

清凉的风拂过脸颊。

路灯已经亮了，虽然很晚了，可路上还是有下班的人。

但在你眼前只有格外健壮的父亲的背。

也许是这个融化了你的心吧。

或许你会说，"是爸爸带我尝试了人生中最幸福的奔驰。"

时间如水，岁月如梭。

一年过去了，又一年过去了，转眼三年过去了。

你已经毕业了，长成了 20 岁的姑娘。

你毕业了，爸爸再没机会用自行车搭着你了吧。

你长大了，我也老了。

连自行车也老了。

我心里始终给那辆自行车的后座在某个角落空着一个位置。不过，你很难再坐上去了吧。

爸爸现在还经常做梦。

梦到我和你有时争吵、有时咯咯地笑着，一起骑着自行车的梦。

女儿，再也回不去的那些时光，真令我心碎。

当时我还不懂

"love is touch"，好像是这样说的吧？意思是通过身体的碰触，互相抚摸着身体会感受到爱意。

抚摸又会对父母子女间的爱带来怎样的影响呢？

儿童心理学者强调，孩子小时候与母亲的肌肤接触是任何东西都换不来的宝贵的经历。

还不会说话的小宝宝，父母只能通过肌肤接触来传达自己的爱意。

据说，与母亲间的肌肤接触，会伴随着孩子的成长，甚至到长大成人之后，都会有莫大的影响。

听说，通过身体来感受妈妈的爱、爸爸的爱，会让孩子产生"父母一直在自己身边"的安全感，在接触的过程中，感受到父母的气息，从中感受到自己的存在感。

以工作为借口，为生活奔波。

我能抱着小小的你，分享爱的机会并不多。

大部分育儿的事情都交给了你的母亲，我负责每天在外挣钱养家，这不就是爸爸的人生吗？

这样的人生，究竟是什么？

小的时候，你晚上觉不多。

白天睡了觉，晚上就会经常醒。

晚上根本不会乖乖地躺在那里，必须要妈妈或爸爸把你抱在怀里或背着，你才会不哭。

有时爸爸把你抱在怀里，你就开心地挥着两条小胳膊笑，特别可爱。

那个样子，至今我还历历在目。

很晚才回家的爸爸却没能久久地抱着那样的你。

因为第二天一大早就要出门，回家短暂地看看你之后就匆匆地上床睡觉了。

照顾你的事情全都交给了你母亲。

以"明天还要上班"为借口躺在床上，用"明天还得出门去挣钱……"为自己辩解。

还是小宝宝的你，应该也渴望着爸爸的怀抱吧。

爸爸好怀念。

在爸爸的怀里，你是那样的幸福，可我却以挣钱为借口觉得烦，觉得累，故意逃避。

现在看来，错过了那些珍贵瞬间的我，真的是愚蠢至极。

那时的我根本不懂，错过的时光一去不复返。

还记得你上小学前，依然会缠着爸爸抱。

原本在前面走得好好的你，会突然张开手臂喊着"爸爸，抱抱"。那幅小样可爱极了，但爸爸当时却总觉得抱着太累而不去抱你。

抱着你没走几步就会说"爸爸太累了，咱们走走好吗？"说着就悄悄把你放下来了。

抱着你走是那样幸福的事。

那时可以亲亲你的小脸蛋，有时还会假装咬咬你的小屁股。

那时可以拧拧你肉乎乎的小屁股，有时还会轻轻地拍上两下。

从某天起，你的反应变了。

突然间开始叫爸爸"变态"。

我轻轻摸一下你的屁股，或是拍上两下的话，你就会"爸爸变态，变态"地喊着，飞快地跑开。

这就是不接受碰触了吧。

上中学之后，你就绝不允许爸爸碰你了。

有一天，我跟你两个人走在路上。

就那一次，你跟我叽叽喳喳说起了学校生活的琐事。

学校生活，特别是在朋友关系上一直都处理得很好的你，不能不说真的很棒。

"就是，肯定很有意思。高中这段时间是人生中最好的时光。你就尽情地玩，尽可能地多交朋友吧，省得长大了后悔。"

我当时是这样说的。

也许是这句话让你开心了吧，你突然挽住了爸爸的胳膊。

我生怕你会把胳膊抽回去，真的是太紧张了，胳膊像打了石膏一样，一动也不敢动。

太久了，久到几乎遗忘掉了你的香气，扑鼻而来。

嗯，已经变成了大人的香气啦。

洗发水的香味，护肤液的香味……还有只有爸爸认得出的香味。

我可爱的女儿的香气，依然如故。

明确地告诉我，这就是我的孩子的香气，钻进了我的鼻子。

好幸福。

你挽着我手臂一起走的感觉，那种甜腻腻的感觉直到现在我还无法忘怀。

从那天起，你就会偶尔挽起爸爸的手臂。

我真想骄傲地告诉每一个路过的人，这个孩子是我的女儿。

偶尔遇到认识的人，我就会耸耸肩膀自豪地说"我女儿"。

偶尔，我也会孩子气的"叭"地拍一下你的屁股。

每当这时，你都会抗议道："爸爸，你疯啦？爸爸，你是变态啊？"边说还边捶着我的胳膊，我却总是若无其事地说：

"我自己的女儿，我打两下谁敢说什么？"

"这要是在美国，爸爸早就被抓起来了。"

尽管这样，爸爸仍旧十分高兴，好像浑身都来了劲。

你的手臂对我而言就是鼓励，是对爸爸的认可。

没错，你的手臂就是有着这样的意义。

很久以前，爸爸就想过了。

我临死前，谁会守在我身边呢？

我的女儿，没错，我坚强的女儿应该会守在我身边吧。

女儿啊，爸爸只要看到你就会浑身充满了力量。

我深爱的女儿啊。

只要你抓住我的手，我就可以没有一丝恐惧地离开。

这样看来，当时的我就已经开始没那么坚强了。

总之就是这样。

所有的回忆与烦恼都是做出现在这个决定之前的事了。

偶尔觉得疲惫不堪时，

我会找来这部电视剧看，马上就会重拾勇气。

剧中有一个场景是送完女儿出嫁的父亲，

喝了一夜的酒，一会儿哭一会儿笑，就这样睡着了。

爸爸那天看到这里时，真的哭了好久。

女儿的婚礼

爸爸并不是个感性的人。

不会因为一件小事轻易感动，也不会因此而动摇。

可能是从小听着"男子汉不能哭"这句话长大的缘故吧。

长大后，经常会觉得自己连原本就所剩无几的感性也变得更加淡漠了。

也许是因为生活的种种钝化了情感吧。

人生在世，总会经历很多事情，内心被磨起茧后，小小的悲伤和快乐自然很难让其再起涟漪。

可有一件东西总会刺激到我的泪腺。

电视剧或电影里出现的，"送女儿出嫁的场景"。

马上出嫁的女儿在婚礼前一天或仪式当天的早晨给爸爸行大礼，轻轻地拥抱，说声"妈妈爸爸，谢谢你们"这样的场面。这样的场面总会让我感到心酸。

每当看到电视剧里那个不敢正视女儿眼睛，眼圈泛红的父亲，爸爸我就会莫名其妙地眼眶发红。

心像被撕裂一般。

挽着女儿的手臂走进仪式现场的父亲，在婚礼上拭去泪水的父亲，仪式结束回家推门看到女儿空空的房间的父亲。

每当看到这样的父亲，就会想到自己"不久后也会跟他们一样……"，泪水就会悄悄模糊了双眼。

记得有一次你跟你妈妈一起回了外婆家。

碰巧那天爸爸回家很早，推门进到了你安静的房间。

墙上贴着你幼儿园结业时的照片，笑容那样的羞涩。

"没错，那时候就是那样的。"

书桌上，小小的相框里放着一张你跟爸爸一起郊游时拍的照片。

我当时拿起照片看了好久。

在满是艺人海报的房间里，还能留有一张我们的照片，谢谢你。

拍照那天是你和爸爸两个人第一次出去郊游。

我记得还是你上幼儿园时的事吧。

我当时觉得你真的是长大了。

无论是从前还是现在，爸爸都是神经特别大条的人。

就算是吃个紫菜包饭都会掉饭粒，如果没人准备可能连饭都不一定吃得上，就是这样一个大大咧咧的人。

还是个幼儿园孩子的你却表现得真的很出色。

跟爸爸一起铺好席子坐下后，你拿出了便当，连筷子都给爸爸放好了。

然后对我这个呆呆地看着远处的爸爸说，"爸爸，我们吃午饭吧！"

别的爸爸都在忙着给儿子或者女儿准备午饭，你却给爸爸准备好了午饭。

看着你的照片，爸爸打开了 DVD。

突然想看一部电视剧。

"归乡题材"的电视剧，主人公跟妻子离婚后带着儿子和女儿回到家乡生活的故事。是一部讲述父亲与孩子间爱与被爱的电视剧。

偶尔觉得疲惫不堪时，我会找来这部电视剧看，马上就会重拾勇气。

剧中有一个场景，送完女儿出嫁的父亲喝了一夜的酒，一会儿哭一会儿笑，就这样睡着了。

爸爸那天看到这里时，真的哭了好久。

如果你跟你妈妈在家，我会怕丢人，不能痛快地哭出来。但当时家里只有我自己，所以任凭眼泪哗哗地流，尽情地大哭了一场。

既不是从此消失不见，亦不是离开就再也见不到，也不是要去吃苦受累。

更何况，又不是现在、马上女儿就要结婚了。

为什么要哭呢？

女儿到了 30 岁、40 岁还没结婚，终于等到嫁出去的那天也还是会哭吧？可应该也会觉得心里终于一块石头落地了吧？

爸爸我那个时候才明白，

那根本不是单纯的哭啊。

那是不想分离，不想送出这么多年捧在手心里的女儿，那一刻，所有与你有关的回忆都涌上了心头。

你第一次睁开眼睛、第一次翻身、蹒跚学步、第一次开口叫"爸爸"，所有的回忆瞬间涌上心头。

我之所以会哭是因为这些吧。

那是我会流下的最单纯的眼泪。

你是唯一一个能把我变成小孩子的人。

　　明知女儿是去了更幸福的地方，即将开启幸福的未来，这些我都懂，可就是不想女儿离开爸爸的身边，故意在耍赖吧。

　　又不是自己女儿要出嫁，不过是看到电视里那个父亲送女儿出嫁，瞎咋呼个什么劲啊。

　　我这样对自己说。

　　那天，爸爸哭得眼睛肿肿的，一边哭着，一边画了幅画。

　　你应该知道吧，爸爸只要一个人的时候就会画各种画。

　　咱们家客厅里的油画就是那个时候画的。你跟你妈妈不在家的那天，我用了一整夜画的。

　　女儿啊，那幅画，以后你愿意保管吗？

谁的女儿？

"谁的女儿？"
"你的女儿。"

有一阵子爸爸和你之间是这样对话的。我在教你"对爸爸用平阶语法说话"。

爸爸先提出了一个荒唐的建议。

"从现在起只要爸爸问你是谁的女儿？你就回答我'你的女儿'。"

"你是谁的女儿啊？"
"你女儿啊，还能是谁的？"

真是含在嘴里怕化了，捧在手里怕吓着。

不养儿不知父母心。

没有孩子之前我是无法理解这句话的。

爸爸在有你之前都是无法体会这种心情的。

尽管听起来似乎很自私，但我仍想把你称为我的一部分。

没错，对这片土地上无数的母亲、父亲、奶奶、爷爷们来说，他们的儿子、女儿、孙子、孙女都是一样的。爸爸真的把你奉若掌上明珠。

爸爸努力最大限度地缩小与可爱的女儿之间的距离。

尤其是挖空心思尽可能地消除我们之间的隔阂。

办法之一就是消除大人与孩子间对话时的距离。

尽管不知道这算不算是个好办法，但我拍着大腿自认为是个绝佳的点子。

于是我果断地开始消除我们对话时存在的语言障碍。

所以爸爸开始教你用平语说话。

而且还是用极具挑衅意味的平语。

能对父亲用"你"这个代称的，在我们国家是绝对不可能发生的事情。

爸爸希望你我之间是平等的。

爸爸希望消除你我之间的一切隔阂，就像一个人一样。

所以爸爸才允许你对我使用"你"这个人称代词。

当然，也不是任何场合都可以对爸爸称呼为"你"。

只有在问"你是谁的女儿"时，才允许你回答道"你的女儿"。

在人前，爸爸也觉得女儿用"你"这个称呼跟我讲话是很自豪的。

因为这会让我有一种秀父女间的信任和爱意的感觉。

如此看来，我还真是个幼稚的人啊。

你从未让爸爸失望过。

虽然你经常对爸爸发火、耍赖，可对爸爸依旧保持着应有的礼仪。

你比这世界上任何一个孩子都要讲礼貌，比任何人都注重温和的语言生活。

通过平语积累起的父女情。

这是其他任何人都无法理解的吧？

爸爸对我的母亲，也就是你的奶奶，从来都是用"妈妈"来称呼。

30岁时，我心想着等到50岁时就改口叫"母亲"吧，可直到最后也没改成。

偶尔在办公室里给你奶奶打电话时，我会称呼她"母亲"。大多数人都是叫"母亲"的吧，可爸爸我却始终管你的奶奶叫"妈妈"。

你知道为什么吗？

爸爸在刚开始接触社会生活和结婚之后，跟你奶奶叫过几次母亲。

可不知为什么就觉得十分别扭，而且有种隔阂感。

母亲好像跟妈妈是完全不同的两个人。

母亲仿佛只是一种形式上的关系，甚至是陌生人一样的感觉，我实在是没办法再这样叫下去了。

于是爸爸彻底放弃了"母亲"这个称呼。

我明白，是因为不想失去妈妈，所以不能放弃妈妈这个呼称。

不知道爸爸的想法会不会有些幼稚。

可一句话真的能改变关系和氛围吗？

就像爸爸始终唤你的奶奶为"妈妈"一样，爸爸也要女儿用"你"这个称谓来唤我。

女儿啊，你喜欢我的方法吗？

一直以来都还没有问过你……

两个人的旅行

我们两个人的旅行让爸爸怦然心动。

准备了很久的旅行。

记得是中学二年级时吧。

已经好久了，爸爸就梦想着能跟你来一次两个人的旅行。

受世界金融危机的波及，我们的生活过得并不容易。为了旅行从好久前就开始存钱了。

我们在某一个陌生的地方坐上了火车。

尽管不露声色，实际上已是心潮澎湃。

我的女儿在我身边。

还有我喜欢的火车。

不知为什么，你总是用眼睛一瞟一瞟地观察我的表情。

我们在火车上吃了三角紫菜包饭。

你喜欢烤肉味的，我喜欢辣椒酱的。

没想到，从那时起情况就发生了逆转。

原本是爸爸带着你出来旅行的。

可不知从何时起变成了你开始带着我去旅行了。

爸爸不会拆三角紫菜包饭的包装，开第一个包装时，饭团掉了出来。

"哎哟，我快疯了。"

你拿过爸爸手里的三角紫菜包饭，特别利落地就拆开了包装。

"先拆这里，再往旁边一拽就行了。"

你略带责备，爸爸却是一副呆萌的表情。

嘴上一边责问我"居然连这个都不会"，一边却像大人一样把紫菜包饭递给我。

爸爸在吃的时候掉了好几次饭粒。

"爸爸！"

你皱起了眉头。

"我快被爸爸气疯啦。"

你边用纸巾擦着桌子边说："爸爸，你得把它一口放进嘴里才行，不然就会掉的。"

你的责备总是这个样子。只要我们视线相对，爸爸就转换成了那个可怜的角色。

炎热的夏季。一下火车，就感受到了 8 月似火的骄阳。

广场上尤其的热。当时你说你有点头晕。

等了很久出租车也没等到。可能是堵车了。

我拎起了包。你的包和我的包，我一个人拎了起来。

"爸爸，能行吗？"

"没问题！"

很累，出了很多汗。步行了 30 分钟才到达目的地。

可当时除了步行别无选择。

你一直不停地问我。

"爸爸，还好吧？"

"当然！"

我的女儿真的是长大了。

那天真的非常热。炎炎烈日炙烤着大地。

倘若是年轻时真不会当回事，可那天爸爸感觉特别累。

虽然不想承认，可又不得不承认，我真的是老了。

我们咕咚咕咚大口喝着水，步行找到了住处。

就是那时。你又说你感觉头晕，我开始担心，怕你是中暑了。

好容易到了住的地方放下了行李，你的身体还没恢复。

也许是有点心烦吧，你躺在床上一言不发。

到晚上，你的身体已经好多了，可仍旧是一副不满意的表情。

明知道跟爸爸一起旅行，不比跟朋友一起出去那样高兴，但爸爸心里还是有些不是滋味。

当地有名的民俗庆典开始了。

我开口问你："一起去看看？"

"不了爸爸，我去不了。"

"没事，我们慢慢走。"

可你却坚持要在房间里看电视，让爸爸自己出去转转。

"那好吧，你休息吧。"

爸爸在游客混居的民宿里遇见了一位飞车族大叔，跟他一起出门了。

留你自己在那里，爸爸并不放心，可爸爸当时被庆典的场面深深地吸引了。

华丽的庆典开始了。

我忙着拍照，到处地走，到处地看。

飞车族大叔告诉我，他已经离开家 6 个月了。他也被庆典的热情深深吸引了。

爸爸和大叔两人畅谈着，穿梭于庆典之中。

完全把你忘了。

绚烂的焰火过后，城市安静了下来。

人们开始忙着往家返了。飞车族大叔也朝着住处走去。

"嗯？哪去了？"

我的女儿，突然间想起了女儿没跟我在一起。我想起了自己把你一个人留在了房间里。

"天呐！"

我想起民宿里除了你之外都是男人。虽然只是中学二年级的孩子，但你的个子长得比普通成人还要高。

我几乎是一路飞奔回到了住处。眼泪一直在打转。我怎么能这样，怎么能扔下我的女儿自己，一个人出门？

急匆匆开门，一进房间，发现你正枕着胳膊看着电视。

跟我出门前一模一样，一样的姿势，一样的表情。

"爸爸，好玩吗？我从电视上看感觉挺有意思的。"

"嗯……你没事吧？"

爸爸为了那天跟你一起的旅行做了好多计划。

一直跟爸爸妈妈共享一个空间的你，不知从何时起开始建起了你自己的空间。

最初，你睡在爸爸跟妈妈的中间。从某一天起，换到了爸爸妈妈的床边。直到最后你搬到了完全属于你自己的空间。

想着"孩子再大点估计更困难了"。

所以我才决定出发的。

趁现在还不算太晚，来一场跟女儿两个人的旅行。

旅行期间，每次都是你比爸爸先睡着。

爸爸看着你的脸蛋，关上灯。

你的身上现在还有小宝宝时的味道，那是你小时候被褥上散发出来的奶味。我又想起了那股味道。

不知道是不是我的错觉，你的身上至今仍有着小时候的味道。

这让我回忆起你小的时候。

你那浅蓝色的被褥，你在那上面扭啊扭的，仿佛那就是你全部的世界，笑得那样灿烂。

旅行期间，爸爸每次都比你先醒。

不知是不是因为中暑没好利索，你有点贪睡。

看着熟睡的你，爸爸心想：还会不会再有机会跟女儿单独旅行了呢？

全世界有几个女儿会跟爸爸一起度过一个漫长的旅行呢？

在火车上过了一夜。

你还记得在一个陌生的车站见到的那些不良少女吗？成群结队地坐在站台上，抽着烟、大声喧哗着，还记得你当时看着她们说了什么吗？

"都是些小太妹。小太妹在哪都是一样的。"

"谢谢你没有像她们一样"，我牵着你的手登上了夜行的列车。

我们把椅背向后放了放，就打算这样靠着睡了。

从你的表情里，看不到任何的担心、不安或不舒服。

间或你会翻身问一句："爸爸，怎么还不睡？"

爸爸看着车窗上映出的你和我的样子，心里是这样想的："这次的旅行太成功了，不知道还会不会有下一次了。爸爸这样想着想着也睡着了。我乍一下醒过来时，你正在车窗旁望着远方。那时的你，在想些什么呢？

再没有第二次机会让爸爸享受与你一起的旅行了。

那是最后一次。

可爸爸还是爸爸。

喜欢这样的你，也喜欢那样的你。

觉得你这样好看，那样也好看。

最初，你睡在爸爸跟妈妈的中间。

从某一天起，换到了爸爸妈妈的床边。

直到最后你搬到了完全属于你自己的空间。

想着"孩子再大点估计更困难了"，所以我才决定出发。

趁现在还不算太晚，来一场跟女儿两个人的旅行。

你已经长大成人了

第一次的离别。

你高中毕业，即将步入更广阔的空间那天，爸爸心里乱极了。

从未与你分开生活超过半个月的我，你的离开令我感受到了巨大的失落。

你走的那天，我根本不敢看你的眼睛。

爸爸一直在强忍着。

第二天，我收到了你的短信。

"爸爸，别担心。爸爸的女儿能应付得来。"

爸爸给你回了短信。回这条短信花费的时间应该是你发短信时的 5 倍吧。

"我的女儿一定会帅气地战胜一切。不管前路是一帆风顺，还是风雨交加，都会堂堂正正战胜一切。"

仅仅是为了跟你说这句话。

那天晚上，妈妈和爸爸看了好多次好多次玄关的门。

总以为你会突然一下子回来似的，一晚上都心神不宁的。

我还去了你的房间。

你的照片贴得到处都是。

你最喜欢的那个布娃娃，还像平时一样放在床上。

眼泪一下子就涌了上来。

翻着你看的书，书里也满是你的味道。

我看到了书桌下面卷成筒的艺人照片。

"就这点东西，当初怎么就没让你贴墙上呢。"

当时我心想，爸爸还真是够小气的。

也许因为是好不容易才置办下的家吧。

爸爸对这个家真的是特别的珍惜。连一颗钉子都不让你们在墙
上钉。

真要追究起来的话，爸爸第一次训斥你也是因为这个房子吧。

这是爸爸人生中第一次买的房子。

真的是好不容易才置办下的房子。

爸爸长这么大从没在这样干净整洁的房子里生活过。

买了房子搬家的那天，我至今还忘不了当时高兴的心情。

可偏偏就是那一天，爸爸又是丑态百出。

你用蜡笔在新家客厅的墙上画起了巨大的涂鸦。

爸爸心疼极了，就像被人抢走了玩具的小男孩一样。

所以第一次，也是最后一次揍了你。

到底为什么会那样？

房子有什么大不了的，现在回过头想想，那雪白的墙面在你眼里也许就是一张巨大的画布、画纸吧。

女儿啊，爸爸对不起你。

墙算什么，我真后悔，或许就是因为那面墙才让你和我之间产生了隔阂。

你不在身边，时间仍旧在过。

一天又一天，日期变了又变。

"你是不是已经熟悉了这个大大的世界呢？有没有交到新的朋友？钱还够不够花？会不会因为来自小地方就被人瞧不起呢？"

我总是会担心这些。

接到了你的电话。

"爸爸，是我。"

"嗯，交朋友了吗？"

"嗯。"

"还有钱吗？"

"嗯。"

"谁的女儿？"

"我都多大了，爸爸怎么还这样问？我自然是爸爸的女儿。"

说完你就挂了电话。

那天，爸爸特别想听你说"你的女儿"这句话。可能是想用一通电话来缩短和你之间那遥远的距离吧。

那天，爸爸想在尽可能短的时间内去一趟你所在的地方。

过得怎么样？

现在住在哪？

家附近的超市老板人怎么样？

所有的一切我都想知道。

我的爸爸是这样的人

那是你很小很小时候的事了。

你喜欢带朋友到家里玩。

爸爸真心喜欢你跟朋友们在房间里叽叽喳喳的声音。

有一天，你们小伙伴之间在炫耀自己的爸爸。

我并非有意偷听的。你们开着门说话，所以才会听到。

记得是从你一个朋友炫耀自己父亲的职业开始的。

"我爸爸是牙科医生。"

"哇，真棒。"

"就是说你们家都不用去看牙医了吧？"

"不是啊，我们也去看牙科。去爸爸那里。"

"我爸爸在做生意，挣钱很多哦。在市里的百货商店和别的商家那做运动鞋的代理店。"

"哇，真的好羡慕啊。那运动鞋你肯定能随便穿啦！"

"我的爸爸和妈妈是老师。每天在家都跟老师一样，啰哩啰唆地惹人烦，不过真的很理解我的想法。"

爸爸的心紧张地跳个不停。你会怎样说爸爸呢？

半紧张、半期待地等着你开口。

终于轮到你说了。那一瞬间，爸爸屏住了呼吸。

"我爸爸啊，全世界每个地方他都走遍了。一年都要出好几次国，没有他没去过的地方。等我长大了，也要像爸爸一样，成为一个走遍世界的人。"

你对爸爸总是有很多不满。

"为什么我的爸爸不能挣很多钱回家？为什么我的爸爸连一件漂亮衣服也不给我买？"

你总是有这样那样的抱怨。

可是你却从爸爸的日常工作中找到了值得炫耀的东西。

爸爸不是不能挣钱、不会给你买好吃的东西和漂亮的衣服吗？

因为公司的事情需要经常出国，时间都花在了全世界到处跑上面。

不过这都是那次金融危机发生以前的事了。

你把爸爸的心看得一清二楚。

"果然，不愧是我的女儿。"

我正这样暗自得意，你的小伙伴们接二连三开始回应你了：

"哇，真厉害。"

如今你已经长大成人，现在的爸爸还有令你炫耀的资本吗？

你还会自信满满地对其他人炫耀自己的爸爸吗？

我曾有过这样的苦恼。

没错，就这一件事。

"帅气地离开这个世界的人。"

他的去世不会令任何一个人伤心，希望给大家留下这样的回忆。

你妈妈出乎意料地平静。

听完我的话，你妈妈只是轻轻地抱住了我。

"别担心，你还有我啊。"

这一句话让爸爸的泪水冲出了眼眶。

你妈妈就只说了那一句话。

跟从前一样的表情，和从前一样的语气。

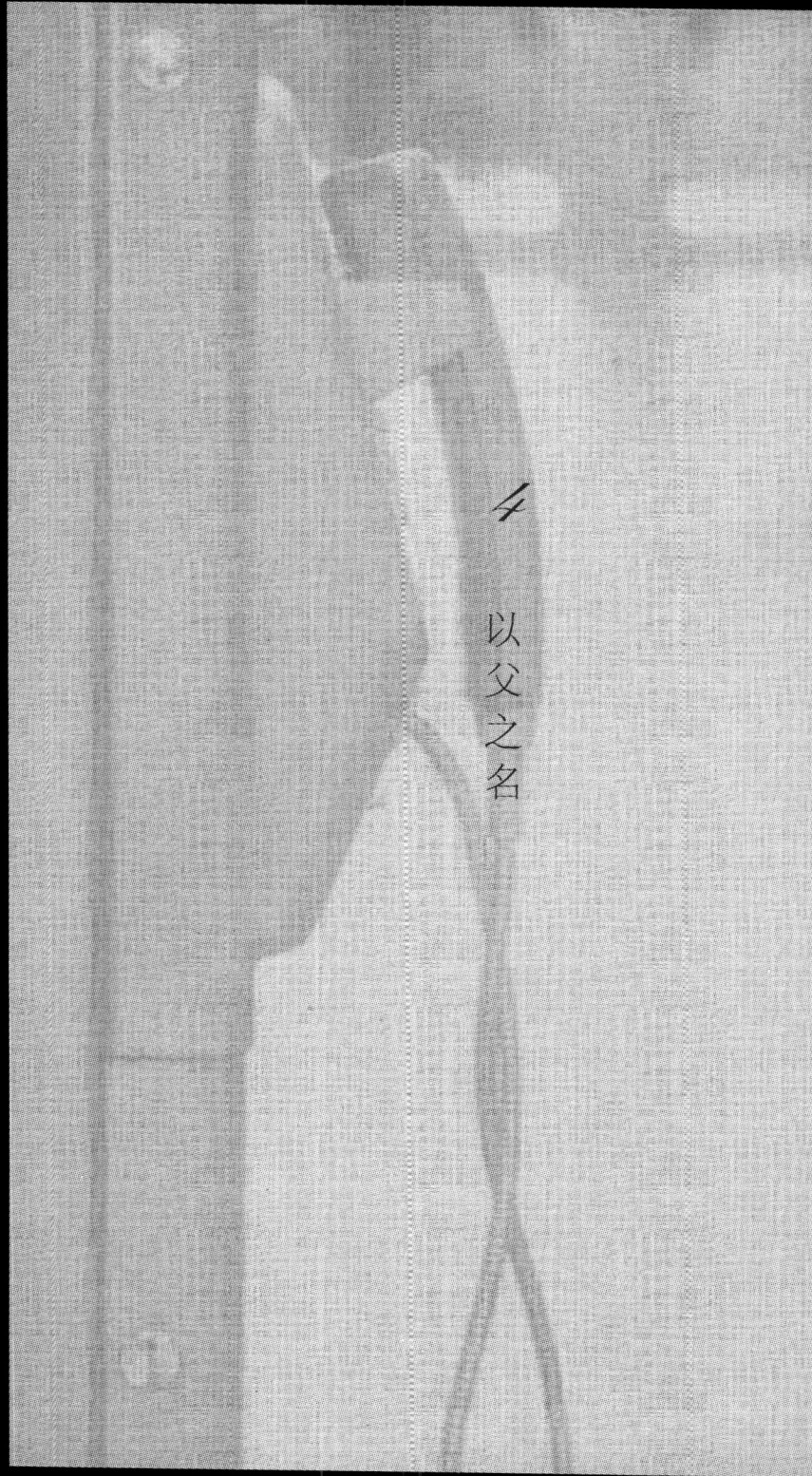

以父之名

为什么偏偏是我？

直到现在还记得那天的天空。

像乌云一样翻滚的白云，那片白云覆盖了整片天空。

时间自然也记得清清楚楚，下午 5 点 5 分。

开着一年前狠下心来买的新车，正在回家的路上，这时传呼机响了起来。

"哗、哗、哗。"

当时流行用传呼机。

那可真是个难用的东西。想联系的人打电话留下号码，在传呼机那小小的屏幕上就会显示出相应的号码。

传呼机……

我把车停在了公共电话前，那是一个并不熟悉的电话号码。

下了车，我拨通了电话。是公司里的一个前辈接的电话。

"吓了一跳吧？"

前辈说了这样一句话，之后就是沉默。

"前辈，您在说什么啊？"

我赶忙问了一句。直到那时，我完全没有想到发生了什么。

"你不知道吗？真的不知道？"

"当然，我什么都不知道啊。究竟是什么事啊，卖这么大关子。"

"你听我说，不要太吃惊。听说你们部门就你一个人被裁掉了。"

"被裁？"

"难道你没听说？我们公司在结构调整的事你没听说吗？"

懵……

那时就是这样的感觉。很奇怪，当时说不上有多吃惊。

像是所有感觉都麻痹了一样。

一瞬间，我的脑子飞快地转回了现实。

"啊，啊……"

我当时没能接下一句话，但却很快描绘出了事件的原委。

"原来是我啊。"

最先想到的是这个。

"原本是我啊。"

这个念头在脑海里挥之不去。

接下来，脑子里闪过的念头是"为什么偏偏是我？"

"为什么偏偏是我？"

"为什么偏偏是我？"

"你还在听吗？"

"是，我还在。"

"那好吧，我也不知该说些什么。回头我再给你打电话吧。对不住了……"

前辈挂了电话之后，我好一阵子整个人都动不了。

公共电话亭里，我握着听筒一动都不能动。

外面汽车发动机还在隆隆地转着，可我的耳朵里什么声音都听不到。

我的眼里也什么都看不到。

等回过神时，想起了你母亲的脸，

还有你的脸。

不管怎样，必须活下去

那天晚上，爸爸从家里出来了。

外面起风了，虽然没下雨，可天空仍旧很阴沉。

只是走走，很多时候连迎面过来的人的脸都看不到。

脑子里什么都没想，也什么都感觉不到。

风很凉。

站在桥上。

感觉风更大了。发丝拍打着额头。

这种感觉，证明我还活着。

以后，我还能守护我的家人吗？

我自己能够接受被工作打乱了一切这个事实吗？

说实话，当时我对一切都没了信心。

"还腆着脸活着。"

脑子里是这样的想法。

"我真的能活下去吗？我还有活下去的资格吗？"

甚至产生了这种念头。

总之，过去的生活就像被强行抹去了一样。

又起风了，风中还夹着雨点。

风开始变得湿润起来。

风吹着发丝拍打着额头，提醒着我，还活着。

原来我还活着，虽然是厚着脸皮地活着。

雨点越来越多，风也越来越大了。

一辆货车从身边驶过，载着满车的货物。

桥在震。桥墩连着整个桥面，感觉都在震。

那一瞬间，感觉桥快塌了一般。

不安，我加快了步伐。雨下得更大了。

货车过去了，桥仍旧是老样子。

新建不久的桥不可能因为过一辆小货车就倒塌的，可我却体验
到了"崩溃"的感觉。

在桥墩震动中感受到的不安究竟是什么？

觉得自己没有活下去的资格，却又对死亡充满着恐惧。

这就是我必须要活下去的理由。

既然害怕死亡，那便只能活着。

告诉自己不要再想下去了，我开始加快了脚步。

没错，加油吧。

很抱歉，我想活下去的原因并不是因为你和你母亲。

所有的一切就像一块巨石般重重地落下将我击中，我根本无法做出任何理性的思考。

我还不想死。我还没做好死去的准备。我害怕死亡。

有死的勇气，有死的力气，就应该活下去。

就这样，我从桥上又活着回来了。

当时就是这样。

不管怎样，必须活下去。

以父之名

　　得知我在公司的结构调整中被裁掉的消息的当天，我的大脑一片空白。

　　没有任何想法。

　　没有生气，也没有委屈。

　　所以也没有想过要去抗争，或是去公司找谁理论。

　　很多人面对这种情况时会联合其他相同境遇的人去抗争一番。我没有这样做。

　　我觉得这就是命。

　　一个人完完全全地接受生活给你的一切真的很难。

　　"为什么偏偏是我？"

　　我还自私地想过，比起我，更该把谁谁谁裁掉。

　　"这就是命。你得认。"

我试着这样说服自己。

不过，我还需要更诚实一些。我选择接受公司命令的原因是我那一点点的自尊心。

反正是要离开的，想安静地离开。

就算没让我走，我原本也是准备走的，我想让别人看起来是这样。

所以我才决定不声不响地离开。

要让那些送我离开的人从心底对我愧疚。

我不想跟他们争论什么。

就算我跟他们抗争，赢了，我知道终究还要有一个人经历跟我一样的痛苦。

问题不是公司的人。

而是把我当作天一样信任、依赖的家人。

我该如何跟家人解释这一切？

一直以来都是公司的优秀员工，得到大家的肯定，我该让家人如何接受这样的情况？

就算我不断说服自己，能够在某种程度上治愈我那颗受伤的自尊心，可家人受到的伤害又该怎么办？

我为此苦恼了整整两天。

对表情的控制并不容易，我尽量像平时一样笑着和你们聊天。

可终究是再也撑不下去了。

感觉像在欺骗家人一样，内心充满了痛苦。

我没有信心能够完美地瞒住家人，直到重新找到工作。

我最先对你妈妈说出了真相。

把她叫进房间，关上了门。

担心你会听到，所以最大限度地降低了声音。

"从现在起，我说的话你要听好了，而且不要太吃惊。"

"知道了。"

"我被迫从公司出来了。必须要找一份新的工作。因为公司结构调整。你应该从电视上都看到了吧？虽然很可笑、很难理解，但我现实情况就是这样。"

我的话有些逻辑混乱，想到哪说到哪。

你妈妈出乎意料地平静。

听完我的话，你妈妈只是轻轻地抱住了我。

"别担心，你还有我啊。"

这一句话让爸爸的泪水冲出了眼眶。

你妈妈就只说了那一句话。

跟从前一样的表情，和从前一样的语气。

再一次感受到了她的思虑周全和胸襟宽广。

整理好公司的业务之后，爸爸便离开了那里。

同事们说了很多鼓励的话，但我的耳朵里什么都听不到。那天晚上，爸爸哭了很久。

仿佛被赶到了旷野、荒原一般，孤独、恐惧令我浑身发抖。

家里的生活也远比预想的要拮据得多。

没了收入来源，生活越来越窘迫。

终于有一天，爸爸对自己的父母亲说出了一切。

把大儿子视为家里顶梁柱一样的父母，这样的消息就像是晴天霹雳。

明知父母会伤心难过，可不得不说。

或许是渴望孤独。

不，应该是想撒娇吧。

"没关系，会有更好的工作的。现在在努力地找，很快就会有好消息的。”

对父母我终究还是没法掩饰真实的感情。

也许是我的声音显得毫无自信，父母早已洞察一切。

当时的我可以说毫无前景。

接到结构调整通报之后，爸爸就开始到处打听。可当时韩国企业都面临着相同的境况。

自己公司的人都要往外赶，哪里还会要新的员工。

爸爸的自尊心跌到了谷底。

无人可以倾诉，就这样一天一天过去了。

你那善解人意的妈妈，一次都没有问过，催促过，依旧像从前一样对待爸爸。

爸爸的母亲，也就是你的奶奶，为了恢复爸爸那颗受伤的自尊心做了很多努力。

事实上，在从公司出来后不久，我就开始花你爷爷奶奶的钱了。

告诉二老我被公司裁掉的消息，只是单纯地想告诉他们这个消息，爸爸从没有过向父母要钱的意思。

可他们还是每个月都给我钱。

我知道，母亲每个月给我钱时，心里定是难过极了。

起初我还向他们推辞，可后来不得不接受了。

对你奶奶来说，这些钱是她一辈子省吃俭用攒下的养老钱。

是她少吃几口，少穿几件，一点点给老了之后攒下来的钱。

可我却不得不靠这笔钱过活。

或许我说自己自尊心强也都是假的。

有哪个自尊心强的家伙会花父母的钱。

况且还是 50 岁的年纪。

可是，你知道吗？

即便在这种情况下，我都没有告诉你我的处境。

爸爸对妻子和父母都详细地说明了情况，可对你却一直隐瞒真相。

不，是爸爸想隐瞒，想永远地瞒下去。

不过，事情最终还是暴露了。

你知道了所有爸爸面临的情况。

究其原因，就是你奶奶告诉你的。

奶奶是觉得你要零花钱不考虑爸爸的经济状况，找了机会把你叫过去，将事情原原本本地信诉了你。

没错，你也是我们家的一员，告诉你是应该的。

但我却唯独不想你知道。

因为我最不想看到你垂头丧气的样子。

爸爸想把这所有的一切永远对你保密。

偶尔你向爸爸多要些零用钱时，爸爸或是应允，或是以别的理由委婉地拒绝。

也许是奶奶再也看不下去了吧。

没忍住，让泪水流了下来。

为什么妈妈就这样不理解儿子的心？

带着这样的想法，我去拜见了你的奶奶。

爸爸边哭边发脾气。

"您怎么能这样呢？明知道我拼尽全力就是不想让孩子知道。"

我在你奶奶的心里插了一刀。你奶奶当时没有说一句话。

奶奶当时的心里应该也是特别失望的吧，可却没有办法。

某一天早上，你在玄关系好运动鞋鞋带站起身时，看似无心地说了一句：

"干吗不早点告诉我，害得我在奶奶面前丢人。"

时间过得真快。

犹如白驹过隙。

那时的事情在我的心中留下了巨大的伤痕。

真不知道，你奶奶当时听到那个消息时是受了伤害，还是受到了冲击，又或者是感到丢人？

现在想来，你这个爸爸还真是个残忍的家伙。

嘴里喊着"父母对子女的爱"是第一位的，可真的是这样吗？

同样的情况原原本本地告诉给自己的父母，对自己的孩子却只字不提，这是自私。

你奶奶去世的那天，是爸爸永远都忘不了的一天。

作为一个儿子，我没为母亲做过什么，只知道索取。

为什么后悔总是来得这样晚？

任凭喊破喉咙，你奶奶都不会再回应我了。

我对你奶奶和你爷爷而言，同你对我的意义是一样的，可我却从来只考虑自己的立场。

有了工作，结了婚，建立起了自己的家庭……

相信自己的梦想正在实现的瞬间，

一旦跌倒就很难再站起来。

不过，是你母亲和你令我能够坚持下去，因为有你们。

我也很快就走了

充满激情的庆典总是会让我兴奋。

庆典会令我忘记一切。

也许是想从中获取快乐与力量吧。

光是听到庆典这两个字就足以让我兴奋。

远远地看到庆典场面都会令我心潮澎湃。

很久很久以前，我在小学时就是这样。

翻过小山坡就能看到学校。

农村的学校，运动会是一年中唯一的一次庆祝活动。

运动会跟村里所有人参与的地区性的庆典没有区别。

爬上小山坡，映入眼帘的就是世界各国的国旗，还有远处传来的欢快的乐曲。

从那时起，庆典于我而言就意味着"自由"。

因为在那一天，你爷爷不会再说让我学习之类的话。

会让我尽情地跳，尽情地跑。

从你爷爷的眼神里或是声音里，我就已经感受到了自由。

运动会的时候，你爷爷还会给我些零用钱。

当时，像我这样的农村孩子，除了郊游和运动会，一分零用钱也没有的。

在学校前面的文具店里，朋友买的果冻分成两半一起吃的情景至今仍历历在目。

朋友跟我说，一起去文具店吧。

他经常在那里买果冻。大部分是他吃掉，剩下的会分给我吃。

这是人之常情，因为果冻从一开始就是他的，是他用自己的钱买的。可是我却在心里抱怨。

不管怎么说，我只能在运动会或是郊游时才能花钱买零食吃。

与钱或零食相比，更美好的是自由。

光是能逃离学习这件事，就让我感到足够的幸福了。

还能尽兴地看电视。

你的爷爷也只在这一天会格外宽容。

我与庆典的缘分也就此结下。

庆典于我而言，就是自由。

或许是因为那段记忆吧，现在只要远远地看到庆典现场，我就会回忆起从前翻过小山坡看到运动会时的那种自由的感觉。

庆典中的人们，都是神采奕奕的。

这些快乐的面孔，会令我忘记一切忧愁。

哪怕是在庆典现场喝上一杯米酒，感受到的氛围都是不同的。

好像所有人都是同事，是朋友。

街头遇到的人都成了朋友，餐馆老板都成了闲聊的伙伴。

失业之后，我常会来一场"庆典旅行"。

"把一切都忘了吧。"

怀着这样的心情离开家。

辗转于在网上搜索到的全国各地的庆典现场之间。

氛围还跟从前一样。名字没变，人们的表情也没变。

场景也还是老样子。

绿豆煎饼摊多起来了，原来，结构调整下来的人都跑到这儿做起小买卖了啊。我甚至还有过这样没有任何根据的猜想。

我始终还是被禁锢在所谓的"结构调整"这个框框里面。

为逃避现实、为了寻找自由，我从家里出来，可却仍旧陷入了结构调整的漩涡中无法自拔。

结构调整这个词重新在我的脑海中舞动起来。

我明白，这将是我挥之不去的伤痛。

绿豆煎饼摊老板的穿戴我好像在哪里见过。

仔细想想看，原来是我以前公司的上司。

起初，他没有认出我。

"您好。"

我打了招呼，他也没有马上认出我来。

"你是……啊，啊，是你啊。啊哟……"

那一瞬间，我们都忘记了彼此的处境。只剩下相逢的快乐。

我从那间公司出来之后，一次也没有再见过他。

他就是那时把我列为结构调整对象的人。

他把手头的活交给身边的同事，拉起我的手，带我去了另一家店。

点了米酒和猪蹄。

"你也看到了，我现在在干这个。你走之后，我也很快就走了。"

听到这，我像被人重重地打了一拳。

"啊，是吗？怎么搞的……"

下意识地脱口而出。完全没经大脑的问题，居然问"怎么搞的"。

"明摆着"的事情，不是吗？

"啊，反正就成了那样。突然间说要再裁掉三分之一的人。"

女儿啊，生活有时就是这样。

有时也会失业，有时也会离别，有时也会过着那样的生活……

茫然感

不安。

感觉既变得迟钝，又变得过度敏感。

有时会觉得五官好像出了故障一样，完全无用。

所有的一切都令我不安。

睡觉时也会被一丁点的声音惊醒。

开车走在路上，后车鸣笛声会惊得我浑身发抖。

世界变得可怕，直到现在我才能说出来。

没有一件东西是确定的，这种充满了不确定的生活是我不安的根源。

所有的一切都没有承诺。

所有的一切都是不确定的。

年轻时纵然没有约定未来，可还有做梦的资本。

已年过五十，连做梦都是可望而不可即的了。

　　有了工作，结了婚，建立起了自己的家庭……相信自己的梦想正在实现的瞬间，一旦跌倒就很难再站起来。

　　不过是你母亲和你令我能够坚持下去，因为有你们。

　　那天，我向无数的企业和机关投了简历。

　　熬夜写着简历，怀着不安的心情。

　　即便这样熬夜又有什么用呢？

　　现在的社会，像我这种文凭的人一抓一大把，我这样可能就是白费力气。那些猎头或许连瞟都不会瞟一眼，直接就扔进垃圾筒了吧。

　　或者光是看到年龄就直接扔到碎纸机里碎了吧？

　　所有的一切都令我不安。任何一个人，只要能对我说一句"我会好好跟上面反映你的情况的，加油吧"这样的话，我都不会这样紧张。

　　我啊，每当看到你在准备高考、或是准备就业时，爸爸都会想起当时的场景。

　　当所有一切都不确定、茫然无措时，这些都会令我变得极度不安、焦虑。

　　所以才会更加可怜陷入同样境况的你。

　　是不是爸爸这一代人没活对呢？

仿佛在迷雾中，茫然无措。

投出去了数十份简历，能够面试的地方却用手指都数得过来。

面试也同样充满了焦虑和不安。

等候室里见到的其他申请人，脸上满是生机与活力。

"会不会白跑了一趟？"

"会不会最后还是白忙一场？"

看不到尽头。这样茫然无措的情况仍旧在继续。

还不如干脆告诉我，未来一年我都找不到工作，必须过了一年以后才能上班。这样我还能开开心心地过上一年。我甚至会这样想。

这样的不安情绪伴随了我很久。

茫然感，以及从中生出的渺茫。

星期一

没有工作的时候，早上我也会打上领带。

没有人期待我系上领带，可我却每天早上都会打上领带。

"干脆一把拉死算了？"

打领带时也动过这样的念头。

也想过，还不如用领带勒死自己来得更轻松。

可我却没付诸过实践。

相反，我收拾好包。在包里放上几本书和笔记本。

它们是一整天不会抱怨一声地陪我玩耍的朋友，是让我坚持下去的支柱。我小心翼翼地把它们放进包里。

图书馆。没错，是图书馆。

年轻时，为了升学和就业进进出出的地方。

我和你也一起去过图书馆吧。

爸爸曾以学习为借口，实则是想跟你在一起。不过你想的是跟朋友们玩，我却没眼色地跟着你，还批评你。

跟当时不同，我在图书馆里始终是一幅抬不起头的样子。

谁都看得出我是个失业者，所有人都在同情我，当时的我内心笼罩的全是这样的想法。

偶尔会瞄到与我年纪相仿的男性，每当这时我的脸就像烧着了一样。

他们也应该有家人吧，想到这里我会抬起头来。

平日里，图书馆里大婶、大叔的比例急剧地增加了。

经常还能看到在学习不动产中介的大叔们。

这就是相同处境的众生相吧。

我们之间形成了一种不成文的规矩。

谁都不会长时间地盯着对方看。

既不会上下打量着看，也不会偷看你在学什么科目。

彼此都是相同的境遇，只是装作不知罢了。

午餐时间，不知为何地下餐厅里大叔们的表情看起来已是力不能支。

味同嚼蜡。三下五除二吃光。喝水，猛吸几口烟。

这就是我的一天。尽管如此，不用逃避家人和邻里的眼光，享受自由的地方，也只有这里了。

也有人提议，换上登山服一起去爬山，我的体力却根本没法爬山。

那天是星期一。

图书馆周六和周日照常开馆。可大部分的图书馆会选择在周一而不是周日闭馆。

和我一样情况的人们都在周一这天无处可去。

星期一不能待在家里，也没有工作，讨厌爬山的人们更加是无处可去了。

我只爬过一次山。

如今只是不以大自然为背景，但实际的道理是一样的。

人们带着一样的表情，一声不响地向上爬。

我也是他们中的一员。

没错，那个寒冷的季节，爸爸依靠着你母亲的力量活了下来。

你母亲从没触碰过爸爸的自尊心，

也从未向我抱怨过什么。

现在，我又感受到了来自她那爱的力量。

可如今，你母亲已不在我身边。

光下的那件黄色毛衣

对爸爸来说，你的母亲、我的妻子，这一生过得满是"伤痛"。

正如你所知，你母亲是一个非常善良、淳朴的人。

比世界上任何人都善良、单纯……

因为爸爸这一辈子，没见过比你母亲更单纯、更温暖的人。

你的母亲真的是用心去爱着世界上所有的人，世界上所有的东西。

从邻居小孩到老奶奶、老爷爷，甚至是小区门前的小狗，她都在用心呵护。

你应该也知道的，她对公公婆婆真的很孝顺。

我常感觉，她作为一个儿媳妇比爸爸这个当儿子的更孝顺我的父母。

能够真心理解公公、婆婆的儿媳妇，世上能有几个。

你爷爷和奶奶生病住院时，她一个人在床前端水喂药，甚至还给他们洗澡擦身。

无论自己的身体再累、再疲惫，也没在父母面前露出过一丝难色。

你知道你母亲最伟大的地方是什么吗？

那便是她有一颗平等仁爱之心。

你母亲对自己的亲生父母、公公婆婆，与对待小区的老奶奶、老爷爷都是一样的尽心尽力。

我的妻子真是一个博爱的人。

对人绝不区别对待，不会轻视任何人。

无论是初次见面的人，或是交往很久的人，真诚地对待每一个人。

爸爸从来没见你母亲讨厌过一个人。

爸爸从结婚时起就一直在给你母亲添麻烦。

爸爸不事先跟你母亲商量，动不动就往家里招呼人。

无论多晚，你母亲都会准备好饭菜迎接客人，而且仍旧是由内而外地散发出平和与温柔。

你母亲还会给爸爸宿醉醒来的朋友煮美味的解酒汤，新牙膏、新牙刷是必备的，甚至在出门前还会准备好新袜子。

爸爸的朋友中，直到现在还有很多人说起曾经来我们家的经历。

　　可爸爸却从未给你妈妈做过什么。

　　爸爸从没给她买过一件像样的衣服，连包都是捡她朋友或是认识的人用过的。

　　提到"衣服"，我的心更难受了。

　　因为没有空闲，所以没给你母亲买过一件像样的衣服。

　　不知怎么，有一天你母亲穿了一件看上去还不错的衣服，心想着"看来是下狠心买了一件像样的"，随口问了问，你母亲回答说是朋友买的，觉得不太喜欢就给她穿了。

　　就因为那点儿可笑的自尊心，我大吼着让她马上把衣服扔了。为此，我们冷战了一段时间。现在想起来，觉得心里好难过。

　　那点儿自尊心算什么……

　　金融危机后，你母亲和我都度过了一段非常艰苦的岁月。

　　好不容易找到的工作，工资还不到从前的30%，还能怎么办呢？

　　必须缩减一切开支，坚持下去。

　　一个认识的人给了我们一张百货商店的券，我们却把它换成钱去市场买廉价、便宜的东西。

　　当时你母亲仍旧穿梭于人群之中，忙里忙外，我却缩了回来，故意躲避这些。

即便如此，我们也绝没对你，或是身边的人说过一句生活困难的话。

当你缠着我们买这个买那个时，觉得负担太重的你母亲向我建议，"不然就实话跟女儿说了吧，她应该会体谅我们的"，可爸爸仍旧反对。

因为我不想让你看到爸爸垂下的肩膀，不想看到你在朋友面前沉默寡言的样子。

有一天，你向我问了这样的问题：

"爸爸，有同学的爸爸被公司裁掉了，你那里还好吧？"

"爸爸，我们班一个同学的爸爸因为上班的公司倒闭，现在一分钱工资都挣不回来了。爸爸你那边还好吧？"

当时我的心里一惊，可还是这样回答的你：

"当然，好着呢。公司的确有点困难，但还不至于工资缩水。"

也曾想过把事实的真相告诉给女儿你，但最终还是觉得不对你说更好一些。

爸爸最担心的，是你会为妈妈和爸爸担心。

你像你的母亲一样，心肠软，事事都为爸爸妈妈着想，我担心这个消息会伤到你的心……

那便是我的担忧。

"不用担心。公司的确有些困难。可现在这个世道，哪有不困难的公司？爸爸的公司很快会好起来的。”

我和你母亲就是这样一路走过来的。

你母亲是个回收再利用的天才。

不管多旧的东西，只要一到你母亲的手上，就会找到适合的位置。

你外公去世后，有段时间你母亲一直穿着你外公的毛衣。

当然，这里面包含着你母亲对自己父亲的怀念之情，可爸爸直到现在还觉得心里很难受。

光下的那件黄色毛衣。

像你母亲吧

爸爸把"结构调整的判决"告诉你母亲那天，她的反应真的很平静。

你母亲一声不响地抱住了我，表示了安慰。

"这段日子你受苦了。你能力这样强，不用担心。休整一下再找新的工作不就行了。"

你母亲没有哭，也没有数落我。

她相信我。

为了不刺激到丈夫的自尊心，她做出了很大的努力。

始终那样泰然，从没给我过眼色或脸色看。

一天，你母亲叫住了我。

"总不能这样干坐着等啊。"

你母亲拿出了一张听课证，说"最起码一起想个保险托底的东西吧"。

在我束手无策的情况下，让我直视如今收入跌到谷底的现实。

你母亲的这句话第一次让我的脸羞得通红。

"我不是……"

第一次有了这样的想法。

不过也让我产生了茫然无措的想法。在这样的旷野上我能够做些什么？

我应该做些什么？

或许我什么都做不了的不安心理突然涌上心头。

"好的，知道了。"

你母亲告诉我"我报名了厨艺培训班"。

你母亲的厨艺早已是名声在外，想借这个机会挑战一次韩餐厨师资格证。

她真的是非常认真地参加了厨艺培训。

一有时间就会在家里练习。

一次就通过了笔试，实操的考试看起来似乎并不简单。

记不清是考了四次还是五次，最终拿下了资格证。

我陪你母亲一起去取资格证书。

把资格证握在手里的她高兴地跳了起来。

一点也不夸张。从学校毕业几十年了，过了笔试之后，又在各种家务琐事当中通过了实操考试，可谓是层层通关才拿下资格证书。

作为丈夫，我既感到"羞愧"，可同时也感受到了坚强的后盾。

最重要的，是你母亲全身心地在帮助我，这令我十分感动。

尽管有些羞愧，可仍旧做了好多幻想。

我坐在收银台负责收钱，你母亲掌勺，开一间餐馆之类的幻想。

这是我出生以来从未想象过的场景。说实话，爸爸与做饭这类的事情距离很遥远。

既没有做饭的爱好，也没有做饭的才能。

甚至还想过"宁可死了，也不干饭店"。

可又能怎么办呢，现实情况是不干也得干啊。

当时，像我这种被组织赶出来的人，最先想到的就是开饭店。

当时有一种流行的说法，意思大概是像我这样的新手想挑战这一行业基本已注定了的败局。

当然，我们也没有钱。

就算是开一家小餐馆，也需要数千万韩元的资金。对我而言，根本没途径去弄到这些钱。

心想着只要你母亲拿下厨师资格证就可以干点什么了，但这个社会没有这么简单。

你母亲又对我说：

"我想再试一次。"

这次是美容师。

我们又开始构想，你母亲凭借这手艺，拿下美容师资格证后或是给别人打工挣钱，或是自己开一间美容室。

我们家的这种情况，就是电视里"金融风波家庭"的典型。

当时，金融危机发生后，很多家庭主妇都尝试了厨师和美容师。

你母亲说，先拿下资格证再说。

国家正好对失业者和主妇们设有援助制度，你母亲想利用这一点。

你母亲真的很用心。

笔试之后，为了准备实操考试，常常在家里用假人和假发练习。

开始是练习给小区里的大妈们剪头，后来居然都能给她们烫头了。

你母亲最终拿下了资格证。

比拿下厨师证时更高兴。

你母亲马上就找到了工作。

当时爸爸仍旧处于失业状态。

你母亲在离家有点远的美容室从"助理"开始做起。

起初，因为跟院长年纪相仿，觉得能聊得来，所以感觉还不错。

你母亲在那里不过是干打扫卫生和给院长打个下手之类的活。

有一天，她说"从明天起不去美容室了"。

那天一整天，你母亲都在附近的住宅和公寓群里转着发传单。

你母亲发传单的地方还包括市内的小胡同。

当街小便的人、在墙上涂鸦的人、大白天不去学校在街上乱晃的不良少年……

你母亲在这种地方发传单，一定会没少吃苦头吧。

听过露骨的笑话，感受过凶险的眼神……

感觉到某个陌生男子不怀好意的手，吓得慌忙逃走的经历也有过吧。

总之，做着与当初设想的美容师完全不同的事情，你母亲应该非常失望吧。

不过只是说说而已了，你母亲最后还是回到了美容室上班。

人近中年，面对客人们不像话的抱怨或要求，总是不容易接受的，只能靠忍。

"总得活下去啊。"

看到你母亲这个样子，我虽然很难过，但说实话，也感到心里很踏实。

"终于不用担心饿死了。"

幸运的是，爸爸也在那个时候找到了新的工作。当时就觉得一切辛苦、孤独的日子都过去了。

工资不到从前的一半，工作强度却是从前的两倍。可爸爸觉得没关系。

爸爸找到新工作之后对你母亲说：

"这段日子谢谢你。因为有你在，我没有失去前进的力量，能够继续奋斗。虽然很丢人，但我的确有过'终于不用担心饿死了'的念头。能够让孩子避免最坏的状况也都多亏了你啊。"

没错，那个寒冷的季节，爸爸依靠着你母亲的力量活了下来。你母亲从没触碰过爸爸的自尊心，也从未向我抱怨过什么。

现在，我又感受到了来自她那爱的力量。

可如今，你母亲已不在我身边。

与你母亲共度的时光像电影一样在脑海中闪过……

求婚、弄了间小房子、过上了日子……

时间一天天流逝，你出生了……

我到的时候，你母亲已经走了。

5

替你母亲收下吧

抢救室

那天发生的事，真的不愿再提起。

爸爸拼命想在脑海中抹去那天的记忆。

连和你也是避而不谈。

"请问您是某某某的丈夫吧？她现在出了车祸在抢救室，情况很危险。"

这是我从未想到过的事。

你母亲干活时遭遇车祸，被送往医院，这恐怕是爸爸一生当中受到的最大的打击了。

"最后，连老婆都……"

打上出租车，在去医院的路上，我坐在车里想到了所有能想到的。

"请一定让她活下来。"

我只有这么一个愿望。

与你母亲共度的时光像电影一样在脑海中闪过……

求婚、弄了间小房子、过上了日子……时间一天天流逝，你出生了……

我到的时候，你母亲已经走了。

真无情。

最开始脑子里想的是，你母亲怎么这样无情，姿下来，是不相信这个事实，这个世界上如果有神明的话，那他真的是太无情了。

就那样送走了你母亲。

害死你母亲的人正是我。

我比任何人都清楚事情的真相。

拿着传单在街上跑时被飞驰的车撞倒。

你母亲离开这个世界的那天，爸爸也想跟她一起走。

把你母亲害成这样，我实在没有脸见你，也没脸见任何人。

没有你母亲的世界，我没信心继续活下去。

那天的孤独感是用语言难以形容的。

女儿，你一定也是这样吧。

一种忧郁

男人这种动物，也许在社会生活中全靠着肩上挂着的那副肩章活着吧。

"某某单位的谁谁谁，某某大学毕业的谁谁谁。"

偶尔会孤独、软弱、不安和恐惧，但凭借着一枚肩章就可以活下去，以各种姿态。

所以男人们一喝了酒，总会大谈当年之勇。

问题是，那枚肩章脱落之后怎么办。

唯一的支柱——那枚肩章脱落的瞬间，男人们就会变成被拔了牙的老虎一样。

你知道一个失去力量的男人代表性的症状是什么吗？

就是自闭症。

讨厌见人。

害怕见到任何人。

不想让别人看到肩章脱落后变得软弱的自己。

所以会宅在家里，对社会生活表现得十分消极。

我知道的几乎所有家庭都是这样。

奶奶积极出门为家庭奔波，爷爷哭丧个脸在房间一个角落坐着……

原因是多样的。

脱落的肩章，它给精神上造成的冲击是必然的。

"别人会怎么看我？"

"我年轻时也曾风光过，大家该不会把我当成没用的老家伙看待吧？"

"没有人会认可我了吧？"

"还不如在家等着吧。"

大部分的男人都是这样的心理。

此外，还有一个重要的原因。

那便是钱。也可以把它换成"经济实力"这个冠冕堂皇的词。

有工作，或是在做生意时，可以堂堂正正地花自己挣来的钱，并以此显示自己的存在，可现在一切都变得遥不可及。

试问，没有子弹的士兵还能战斗吗？

有时是朋友，有时是后辈，有时是同事。

见到这些人时应该像个战士一样端枪扫射的，这样才能让他们记住自己。

可连子弹都没了还能怎么办呢？

当然，女人也需要有子弹。可就我见过的这些女性，特别是奶奶这一辈的女人，喜欢受经济能力限制较小的社会活动。

经济实力下降了就降了，生活也会视具体情况而定。

她们会交往一些处境相同，有着同等经济水平的奶奶们，寻找到全新的生活。

可男人不同。

一旦不能维持过去的生活水准，就会变得极度不安。

至少要到自己年轻时的生活水平，特别是在经济实力维持不下去时，就会突然间失去生活的力量。

也许这个社会就是这样建立起来的。

不，也可能是自然而然地变成这样的。

这是男人的不幸。

爸爸觉得男人晚年的不幸就是从这里开始的。

需要忘记过去，以现有的水平继续生活，只有这样才能重新找到幸福，可男人却仍旧期待着重返过去。

现实就是，那是不可能的。

爸爸编织了一个巨大的计划，以此为借口一直停留在过去。

现实是，已经很难维持过去的生活，今天的我只能抛弃过去，是我自己无法接受现实。

如果现在的我再也回不到从前，在成为现在的我以前，换言之，在告别过去那个还不错的我之前，只能结束从前的生活。

我认为，这绝对不是什么不幸的选择。

也许是最幸福的选择也说不定。

如果我在年轻时能努力工作挣下足够的钱，也就不用这样去想，这样去判断了，不是吗？

如果年轻时我能够撞上大运，成为"闪电富豪"，也就不用去想这些，去做这些了，不是吗？

没错，也许在结束一切之前我还是想把自己留在这个世界上吧。

想以一种不倒的姿态被人们所记住，

无论是对你，还是对他人。

只有接受形象的倒塌才是真正守护了自尊心，尽管这种想法会时不时出现，但我却一直在排斥和回避着。

我的妻子，你的母亲

我从你母亲身上得到了很多。

从来，都是索取。

有一次，我跟你母亲去登山，跟爸爸的同事们一起。

我就是这样的。你母亲还没下公交车，就让她去收拾登山的包。

先下了公交车的爸爸什么都不用管就去登山了。

好久没登山了，爸爸和妈妈都觉得特别吃力。

汗流浃背地登上山顶之后，正想喘口气，爸爸一个同事说了这样一句话："还有连上山都得使唤老婆的人啊，还真是勇气可嘉。听说这样的人老了以后要吃苦头的。"

原来他是看到你母亲自己背着包上山才故意说的这番话，听得我脸上火辣辣的。

同事这番出乎意料的语言攻击，让我脸红到脖子。

别人给你母亲一张百货商店的优惠券，她也一定会用来给爸爸或是你买东西。

真的是给自己一分钱都不花的人。

我常想，这个世界上恐怕没有第二个像你母亲一样不肯给自己花钱的人了。

你母亲不给自己买衣服。我有职场生活，你在读高中，她会以不能让我们看起来没面子这样的理由，买衣服时从来只有我和你的份。

你母亲连一件东西都舍不得给自己买，对于这样的她，我最后给她准备的就是这间房子。

爸爸原本希望你母亲能够用这个房子作担保，拿点养老金让生活变得宽裕些……

时至今日，我仍没有勇气去摸一摸那个登山包。

真的好想念你母亲。

这间公寓就是爸爸唯一的遗产。

你跟他一起，在社会这个凶险的丛林里战斗归来时，

希望这间房子能让你感受到些许温暖。

你来代替爸爸妈妈，替你的母亲收下吧。

保险

你从学校毕业，在进入到社会这个凶险的丛林的那一天，直到现在我还无法忘怀。

一直觉得还是个小孩子的你，要独立出去挣钱糊口时，我心里某个角落那根又大又旧的绳子"咔"的一下子断掉了。

"现在真的要离开我的身边了。"

我挣钱将你养大，看着你一天天长大，这样的你要自己挣钱吃饭，要进入到别人的视线里，一想到这些，我的心里不知道有多难受。

看到你成为这个社会堂堂正正的一分子，爸爸应该高兴才对，可我却先对你要离开这个窝的现实感到不舍。

仔细想想，这正是你能减轻我这个父亲的负担。你送给我的最好的礼物了。

那样迟钝、愚蠢地把你送到社会中，你却真的表现得很完美。

这一切于我而言都是祝福，都是力量。

我想为你做点什么。

爸爸活这一辈子，没有宗教信仰，也不相信什么保险。

总之就是不相信看不到的东西，也不相信什么降低概率之类的话。

这是我年轻时候、新婚时的故事了。

有一天，你母亲说买了一份保险。

事先没和爸爸商量。我很生气，对她大声吼，让她马上退保。

事后才知道，你母亲是在爸爸的一个朋友母亲的劝诱下，买了一份癌症保险。

爸爸这个朋友家里条件并不好，朋友的母亲又找上门来说，你母亲实在是没办法拒绝。

因为是出于好意，所以很快这件事就被淡忘了。

你母亲总是提起保险的事。

总说咱们家经济现在这么困难，更应该买点保险。

经常说些类似"尽管目前情况已经让人很不安了，可未来的不明确性更加令人难以忍受"这样的话。

因为爸爸总是不同意你那善良的母亲买保险，她想买的几份保险最终一个也没买成。

你母亲最想买的是癌症的保险。

看到亲戚们的健康状况，觉得自己也很有可能会患上癌症。

你母亲总是很羡慕身边大部分的人都买了保险。

如果买的是癌症保险，那种踏实的感觉会令她更羡慕吧。

"得了癌症还要为钱担心的那种样子，真的让我受不了。"

这是你母亲常挂在嘴边的话。

爸爸在计划着离开这个世界时，有一件最想为你做的事情。

那就是买一份保险。

以你的名义，买一份包括癌症在内的多种重大疾病的保险。

这是在你母亲去往另一个世界之后买的。

在社会这个凶险的丛林中，没有了我，你只能拼尽全力去面对，而我能为你留下的也仅此而已了吧。

这是我按自己的意愿，为了你准备的礼物。

爸爸什么都没能留下

我从没有对你碎碎念过。

你在社会这个危机四伏的丛林中表现得很棒。

你从未让我见过"失败或软弱的样子"。

偶尔会伤心，偶尔会难过，偶尔也会气愤，可你却承受了一切并坚持得很好。

在丛林中拼搏换来的是你每个月并不多的工资，我没听你说过，也没问过你。

你领到第一笔工资的那天，去百货商店买了一款最高端的剃须刀给我。

我把它放在房间里珍藏了好一阵子，但嘴上却总怪你：

"干吗买那种没用的东西，好不容易挣点钱……"

女儿啊！

那款帅呆了的剃须刀满电时能转足三天，直到现在还在我这张遍布岁月痕迹的脸上，彻底地不留死角地执行着它的任务。

虽然晚了点，但我想谢谢你。

当时看到你"出那么大的血"给我买礼物，我却连一句谢谢的话都没能讲。

你交男朋友的事。

老实讲，我对此很担心。

虽然说不上讨厌，但是会害怕，怕见到那个人，怕见了面要说话。

有时，我甚至会担心我会不会成为对方掣肘你的弱点，或者说我会让你产生自卑感？

有时，我会担心那个男人究竟能不能保证我女儿的幸福。

我不安，因为这种保证没有信心，也没有方法检验。

我制订了一个又一个把你独自留在这个世界上的计划，可最需要的就是那份"保证"。

所以，某一天我萌生了这样的想法。

见到那个人，不如我先给他跪下，然后求他"一定要答应我，让我的女儿幸福一辈子"……

可是直到现在，我对你的他都还没有详细地了解。

我对你的信任始终如一，所以也相信你的选择。

你从未告诉过我，你们约会的场所，可我对你去见他的日子了如指掌。

因为我能从你的表情中读到一切。

从你那开心的表情中。

每当这时，我一整天都坐立不安。

"不是今天一天，不只是今天一天，一定要是能给女儿一辈子幸福的人才行啊……"

女儿啊，爸爸什么都没能留下。

我要向你告白。

在你出生时，爸爸有过这样的想法。现在回想起来真的是太让人寒心了。

"（生个女儿）真是太好了。这样一来就算什么都不留下也行啊。"

给儿子就要留下点什么，给女儿什么都不留都行，这种极度封建的思维真的是烂到骨子里了，但当时就是那样，所以我很抱歉。

任何东西，甚至连我的姓氏都不用留下也没问题，我的确有这样想过。

不管怎样，还是给你留下了这一座房子。

这座小房子将被贯以"遗产"的名字，留到你的面前。

这座房子里应该到处都有你跟爸爸共同生活过的痕迹吧。

是啊，爸爸能够留给你的财产也只有这个房子了。

这座房子是爸爸为了让你的母亲安享晚年，抱着必死的决心守护下来的最后的财产。

至少，想让你母亲在人生走到尽头的时候不用为房子发愁，爸爸是以这样的心境置办下来的房子。

我考虑了很多。

选择了一块离购物、医疗、绿地等晚年生活所必需的设施都很近的地方。

为了不让你母亲在身边的人们面前觉得抬不起头，爸爸还努力确保房间有足够大。

无论是你母亲还是我，都很看重这房子。

你母亲和我刚结婚时，爸爸的家是市中心的一处破旧的板房。破旧到我甚至都不好意思带朋友回家。

爸爸的房间窄到勉强能躺下一个人的身子，洗手间也是在房子外面的公共卫生间。

你母亲那边也一样。我们结婚时，你母亲的娘家是一间只有13坪的小公寓。

所以爸爸妈妈才会如此向往大房子。

每每见到比我们住的房子大的人都会觉得低人一等。

这个家是你母亲、你，还有我栖息的地方。

这是我和你母亲人生中重要的决定。

这间公寓是爸爸留下的唯一的遗产。

你跟他一起，在社会这个凶险的丛林里战斗归来时，希望这间
房子能让你感受到些许温暖。你来代替爸爸妈妈。

替你的母亲收下吧。

身体

早晨睁开眼睛时，总是感觉很迟钝。

明明是我的身体，却感觉不是我的身体。

睁开了眼睛也看不到东西。

我已经老了。我的心也老了。

自开始依赖药物才能入睡时起就出现了上面的症状。

这种依赖药物的睡眠至今也已持续了十年之久。

最开始的一周，我一个人撑了过来。

我以为自己能够挺过当时的痛苦和打击。

可那种痛苦却在与日俱增。

我的痛苦无人可以倾诉。

别人的事情于我而言都很遥远，所有的欲望都变得微不足道。

一躺在床上，脑海中浮现的全部是悲伤的事情。

好不容易入睡，也是眨眼就醒。

不间断的噩梦折磨着我。惊醒时整个身体都被汗水浸透。

一闭眼，眼前是同一个影像循环播放，我则深陷其中无法逃脱。

在那里，我要跟很多人打斗。

一次都没赢过，总是伴随着被殴打最终死于非命的结局醒来。

没有一天能睡上个像样的觉。

早晨醒来后，起初因为感官开始变得迟钝而不觉得疲惫。

可 30 分钟以后，会觉得极度疲惫，整个身体一点力气也没有。

这种情况日复一日，没办法只能去医院。

医生给开了精神安定剂等药物。

从那之后，不吃药，爸爸就根本睡不着觉。

依靠药物的睡眠令我的身体一天不如一天。

感官经常变得迟钝，想法也总是变得悲观。

与此同时，健康也开始亮起这样那样的红灯。

直到今天，仍旧是离开药物就无法入眠。

于我而言，夜晚不过是啃噬我的身体、带给我苦痛的时间而已。

爸爸离开这个世界后，你肯定会有一段时间是很想念我的。

偶尔也会有特别特别想见到我的时候。

每当这时，你就去找那棵树吧。

因为那棵树上仍留有你和爸爸的气息，你和爸爸的对话。

6

渴望死亡

做那种梦

在金融危机彻底打乱我的人生前，某个秋天，我曾去过几次俄罗斯。

在莫斯科机场转机，目的地是伊尔库茨克。

那里因贝加尔湖而闻名于世。

贝加尔湖虽说是个湖，但实际上跟海差不多大。

爸爸搭上了列车，前往有着贝加尔湖的伊尔库茨克。

那是有着世界最长铁路线之称的西伯利亚大铁路。

有着卧铺车厢的帅呆了的火车。

在那里，火车飞驰着，仿佛没有尽头。

入了夜，凭借火车奔驰，那昏暗的车厢里，是我一个人的时间。

某一天。

刚过午夜，车厢里就变得安静了起来。

　　就在前一天，喝着伏特加、喧闹的人们还随处可见，可不知怎么偏偏就这一天，特别静。

　　咣当咣当。

　　耳边只剩下车轮滚动的声音。

　　窗边有一个坐席。

　　跑了一整夜。跑啊、跑啊，还是一望无垠的天地。

　　没有人认识我。我可以完美地享受一个人的时光。

　　月光下的白桦林与列车飞快地擦身而过，我却没有仔细看过。

　　完美。

　　享受一个人的时光，一个人的旅行，具备了所有完美的条件。

　　想起了那个时候，想起了那时的静谧之感。

　　"有机会，一定要再坐一次那个火车。"

　　等到了我可以完结自己生命的那天，我要再坐上那趟列车。

　　戴一次白色的礼帽怎么样？

　　像某个电影导演那样戴上黑色的帽子貌似也不错。

　　戴上一顶高度合适的帽子，扛上一个不轻的背包，胸前挂上一部相机……

　　去想去的地方，在想下车的地方下车，到一个脚步能到达的地方，吃想吃的东西……

　　等钱花光了，体力耗尽了，就在列车最后一节车厢坐下，啪……

　　没错，"啪"……

　　"啪"的一声坠到铁轨上吧。

　　像这样，在陌生的异国他乡，以美丽的列车旅行结束这一生怎么样。

　　广袤的西伯利亚大平原，渺无人烟的地方，在那里，只有望不到边际的白桦林陪着我。

　　我的身体即将滚落在那里，如果能落在冰冷的雪上就更好了，如果能避免留下血迹就更好了。

　　爸爸喜欢一首诗，是以这样的句子开头："刚迎来月经初潮的女儿，如今我再也不能把你拥在怀里 / 生命变得无趣 / 如今也再不能偷看女儿的日记"。这首诗说出了爸爸的心声。

> 总觉得有人在看着我
> 不知从何时起养成了躲避人群的习惯
> 像从衣架滑落的衣服一般
> 好想在这里结束这溃塌的人生；
> 臃肿的皮囊之下的我，尴尬到无法忍受
> 难道，还有比悲伤更下流的东西吗

　　所以，某一天我会坐在昏暗的酒店内

　　披着一副垂暮松垮的皮囊

　　平静地听着背后的纷繁熙攘

　　用失明的双目望着盏中的酒

　　——贵芝雨，《某一天我会坐在昏暗的酒店内》节选

　　就这样暂时睡着了。做了梦，非常短，但却很美的梦。

　　带着几个便当，坐上了某个陌生国度的列车。觉得累了就在那里睡着，永远地睡下去……这样的一个梦。

爸爸的路

某一年，在报纸和电视上看到了一篇令我眼前一亮的报道。

"某某某教授，与树木同眠"。

大概就是这样一个标题吧，报纸和电视上铺天盖地地报道。

一直以来，我就对我们国家这种给自然造成严重破坏，打理起来又很繁琐的殡葬文化有着强烈的反感，所以这个报道对我来说无疑是个"大新闻"。

我仿佛看到了脑中闪过的火花。

没错，就是这个。我一直想要的殡葬文化就是这个。

我极其兴奋，兴奋到甚至想一把抓住身边人的手甩起来。

可以说，爸爸在此之前对于"树葬"这一概念是一无所知的。

在得知还有把骨灰埋在树木周围，或是直接撒在树边的殡葬方式之后，我为之一惊。

"从自然中来，到自然中去。"

是这个，就是这个。

我甚至对周围的人大喊着，

"我死之后，一定要跟树木在一起。"

我在家也常跟你母亲这样讲。

"等我死了，想到大树的身边去。"

突如其来的一句话，还吓了你母亲一跳。

我也曾想对你说，可你那时还是个孩子，觉得跟你谈论爸爸的死还不太合适，所以只对你母亲讲过这个想法。

在对你母亲详细解释了"树葬"之后，叮嘱她一定要在我死后把我的骨灰撒到大树的身边。

未曾想到，你母亲会比我先离开这个世界。

你母亲爽快地答应了我的请求。

"那好啊，这样就太好了。我们一起与树同眠吧。"

从这里能够看出，爸爸正是从那时起正式开始了对"树葬"的向往。

爸爸无论去哪，无论见什么人，都毫不吝啬对"树葬"的赞美。

但并非所有人都站在我这一边。

那一年的中秋，爸爸跟亲戚中的一个长辈谈起了"树葬"的话题。

一个身为宗孙的叔伯哥哥认真地听了我的话后，这样说道：

"你这个意图是好的。可像我们这一代人，我觉得很难做到这样吧。"

谈话就此打住。我不想再跟他讨论这个话题了。

围墙看上去真高。

那一天，跟我谈话的亲戚们嘴里说着，"这个啊，好像是下一代人应该去思考的方案吧"，接着反倒开始认真地讨论起自己的墓地应该安放在哪里的问题。

"好吧，那我只能出去了。"

在那之后，我放弃了对亲戚们的说服。集中精力用在与我抱着同样态度的身边的人身上。

一见到人，我就会对他解释着"树葬"的优点，甚至还会提议一起以这种形式结束自己的人生。

可问题又来了。

跟什么样的树木同眠呢？

想到这里，心情暗淡了下来。

爸爸的名下没有一寸地。

当然，你的祖父、我的父亲也没有个人名下的山。

没有自己的树，那我该去哪里呢？

有一段时间，爸爸甚至冒出了想直接买个山的想法。

就在离我现在住得不远的地方买个山吧。

就买个一两百坪的山吧。

在那儿栽上棵我喜欢的树。

这样想想，感觉心里会舒服一些。

可过一会儿又觉得不是这么回事了，因为细想想，又不知道用我的名字买片山有什么意义。

我死以后谁来替我打理这片山呢？

我为了死后的树葬买下一片山，这跟安置墓地的行为又有什么区别呢？

又或者，我的死会不会成为家人的负担呢？

有一片属于我的山，有一棵属于我的树，终究还是没有任何意义的。

没错，什么都别要了。就像说的那样，回到自然中去吧。

这是我最后的结论。

回到自然中去。就到某个山坡上无名的树那里去吧。

原则已经定好。

该选择哪个山坡的树了。

跟家人一起去那里看看吧，一起感受一下吧。

在那棵树下聊聊天、来一次野餐，共同度过一段愉快的时光吧。

我的骨灰就撒在那棵树下。

在我们一家人度过了愉快的时光的地方，在那棵树下。

不过还需要几个条件。

避免那种短期内山就没了，或是树被移到别处的地方。

找一个你们在想爸爸时，思念爸爸时能够去的地方，至少应该找一个那样的地方才行吧？

不久前，爸爸跟你一起种了棵树。

种下这棵树时，爸爸想了很多。一铲一铲盖上的土，包含了我对这棵树的许多感情。

爸爸离开这个世界后，你肯定会有一段时间是很想念我的。

偶尔也会有特别特别想见到我的时候。

每当这时，你就去找那棵树吧。

因为那棵树上仍留有你和爸爸的气息，你和爸爸的对话。

想见到爸爸时，就看看那树叶吧。

想摸摸爸爸时，就摸摸那棵树吧。

孩子呀。

那棵树会永远在那里。

如果那棵树死了，你就在那个位置栽上棵小树吧。

这才是自然。这才是树木。

死后重新栽上的小树，也有你和我的气息。也有你跟我的对话。

岁月流逝，你对爸爸的思念也会变淡吧。

这是自然而然的。

到那时，不要勉强去找我。

因为大树依然会在那里吸收水分和空气，茁壮成长。

你的孩子提起外公时，带他一起来看看这棵树吧。

告诉孩子，他的外公就在这里。

如果能跟他讲，有一天你和我在这里聊天、挖坑、种树的事就更好了。

你一定要告诉孩子，尽管外公去世了，但这棵树会永远在这里。

从他进门到玄关时起，我就僵住了。

全身所有的关节像被冻住了一样，眼睛也不知道该看哪儿。

"爸爸，今天晚上我们一起回家。想正式把他介绍给爸爸。"

听到你说这句话的那天，爸爸一整天什么活儿都没心思干。

7

最
幸
福
的
人

100 岁

爸爸常会有希望"医学发展什么的研究"都停了算了这样极端的想法。

医学的发展会延长人类的寿命，但却不能改善人们社会、经济活动的环境。

没有工作、没有钱的老人，就算延长了他们的寿命又有什么用呢？

报纸上有这样一篇报道。

"100 岁的人生，并不是福气。"

医疗技术的发展使得人类平均寿命得以延长，但有调查结果显示，10 名韩国人中有 4 人以上觉得"寿命延长并非福气"。

看到某研究机构公布的"国民对百岁时代认识的调查结果"，有 43.4% 的受访者并不觉得平均寿命延长至 90 岁或 100 岁以上全是福气，而肯定寿命延长的只占 28.7%，另有 28% 的受访者认为"也就那样"。

觉得长寿并非是福气的原因中，"老年的日子太长了"的回答占居榜首，达到38.3%；30.6%认为是贫困、疾病、处于弱势群体等老年人问题；另有24.1%觉得"会成为子女的负担"。

此项调查中，国民最希望拥有的寿命为80—89岁（59.3%）。排在第二位的是70—79岁（20.9%），100岁以上的占8.2%，90—99岁仅为7.8%。

因为寿命的延长，在退休后从事经济活动的必要性将会增加，32%的受访者表示希望能不考虑年龄因素，一直工作到身体状况允许时为止。

认为需要工作到65—69岁的比率占到31.5%；工作到60—64岁的占25%；需要工作到70岁以上的占11.5%。

报道还称，倘若在晚年健康不佳，需要别人的帮助时，决定到老年疗养院、专业老年医院生活的人占44.5%，位居第一。而表示将依靠子女的只有5.6%，为最低比。

换句话说，我对于包括我国在内的全世界范围内的新医疗技术研发工作是持反对态度的。特别在延长人类寿命这一医疗技术领域，更是强烈的反对。

我认为，国家、社会在致力于延长人类寿命之前，应该先努力营造出上了年纪也能够工作的环境、老人也能挣钱糊口的社会氛围，然后再投入精力到医学研究上去。

如果人类连靠劳动赚钱糊口的环境都无法保证，那是不是应该马上停止所谓的延长寿命的医疗技术研发活动？

爸爸的想法都包含在问卷调查结果当中了。

原来不只我一个人这样想。

无法忍受老去的自己。

最幸福的人

那一天，那一天，那一天。

无数的日子，无数的事情依稀在脑中浮现。

你知道你一直到多大还相信这个世界上有圣诞老人的存在吗？

我记得你一直到小学一年级还坚持相信真的有圣诞老人存在。

从你学会说话开始一直到那时，准确来讲，是相信圣诞老人会带着礼物，还会把礼物放到袜子里的那个时候为止。你嘴边还常挂着"长大了要跟爸爸结婚"这句话。

当然，这是一句荒唐的话，但爸爸当时真的很幸福，也很感谢那句话。

我根本掩饰不住笑容，尽管你母亲过来说我没个深浅。

听到你那句话时的那种幸福感，直到现在还忘不了。

那是基于无限的信任而来的幸福。

你和我，还有他。

第一次见到你男朋友的时候。

从他进门到玄关时起，我就僵住了。

全身所有的关节像被冻住了一样，眼睛也不知道该看哪儿。

"爸爸，今天晚上我们一起回家。想正式把他介绍给爸爸。"

听到你说这句话的那天，爸爸一整天什么活儿都没心思干。

"不错，你父母是做什么工作的？"

在卫生间里，我一个人练习这样那样的招呼方式。

马上他就要进门了，爸爸却突然不知如何开口了。

小小的餐桌原本坐着我们三个人，可不知怎么在你去厨房之后，我突然觉得特别的尴尬。

"这个时候你妈妈在该多好啊……"

你母亲走了之后，从没有过像当时那样让我觉得更孤单无助的时候了。

简直是度秒如年。

那天，你成为了他与我之间的翻译。

那天，我、你和他都很辛苦，我们三个都考虑着未来的幸福。

我是这样相信的。

不知道有没有达到我这程度，但我很喜欢像我这样腼腆的他。

"没错，男人嘛，不能浮躁、随便。"

那天真的很尴尬，真的很累，但觉得特别幸福。

不对，因为看到了幸福所以才幸福。

仿佛看到了我女儿的幸福，所以放心了。

因为和你约定，绝不让他看到我喝醉的样子，所以那天在他面前爸爸一滴酒也没沾。

不过那天晚上，他走以后，我拉着你的手，喝到不省人事。

因为幸福，因为踏实。

可眼眶还是红了起来。

女儿啊，可是呢，

你应该想问我，为什么要放下这样的幸福选择离开人世呢？

我知道，自杀是极其卑怯的行为。

因为它里面有着失败和逃避的影子。

没错，卑怯的行为。没有比这更卑怯的行为了。

自杀，会给身边的人们，特别是家人带来巨大的伤痛。

没有正当的理由，说服不了身边的人，那是不能够结束自己的生命的。

应当要解释清楚，这种行为有着何种意义，又有着什么样正当的理由。

只有这样，才能在家人，或者朋友口中听到"正确的自杀"、"幸福的自杀"这样的评价吧。

尽管这些话在你耳中会觉得很荒唐。

至少不要去做会给留下的人造成伤害的自杀。

所以我才准备了十余年之久。

之所以会像日记一样记录下来这些语言，也许正是为了说服你，才留下的吧。

特别是可能会不理解你的、身边的那些人，我这也是给你留下说服他们的证据。

我自杀的话，也许你会一夕之间成为别人眼中不幸的人。

"看来是在问题家庭的环境中成长起来的啊。"

朋友，或是周围的人们或许都会戴上这样的有色眼镜看你。

没错，那个时候你就引用我的这些文字吧。

用我留下的这些文字来说服你周边的人。

告诉他们，这个世界上死得最幸福的人就是你的爸爸了。

自杀，必须要有彻底的准备才能成功。

需要有脚本、有计划。

你需要能够说服身边人的理由，这样才不会将自杀的人或他的家人变为不幸的人。

计划制定的过程至少需要 5 年，长的话需要 10 年，还要不断修改计划，反复打磨想法，最终做出决定。

在这样久的时间和过程之中，也可能会产生自杀并非最佳的选择这种想法。

因为此前没有发觉的东西，会在这个过程中全部跑到你的眼前。

在这种情况下，就会果断地放弃自杀。

因为在这个世界上，有远比自杀更有意义、更有趣的事情。

未来

我的葬礼上谁会出现呢？

我会不会期待某个人的出现？

希望某某某一定要来，或是希望不要把我的死讯告诉给某某某。

明知死去的瞬间一切都将化为乌有，活着时候的执念亦是无穷无尽。

如果有一个人能来，那也不是来看死去的我，而是为了活着的人，比如说你，是为了你才会来。

用出席葬礼的人数来评定一个人一生的成败，也是这个奇怪的社会所特有的吧。

突然接到通知的人，也许会因为不了解情况而用目光四处打探吧。

"怎么搞的？"

谈论自杀并非易事。

自杀与普通死亡有着不同的意味。

也许正因如此，人们都会避免谈及自杀的话题吧。

连谈论自杀本身都包含着教唆的感觉，这个话题就是这样的不受待见。

你应该能想象得到吧，一个自杀者的葬礼会有多么尴尬。

无论是遗属或是吊唁的人，都找不到谈话的主题，冷场。

"怎么去世的？"

"是患上了什么疾病吗？"

行过礼后，这是吊唁者通常会问的问题。

家属不知该如何作答，总不能详细地跟人家解释吧。

"就是突然间走了。"

有眼力的人在饭桌上跟人聊天时就会发现自杀的事实。

因为饭局上的空气都是沉重的。

偶尔也会有几个人不了解情况而喧闹些，可其他人看这些人的眼神都会与平时不司。

自杀为何如此沉重。

自杀是对"神权"的挑战吗？

人避免不了死亡。

但却"可以避免"自杀。

或许那些自杀的人就是为了给这个并不关注自己的世界留下警

告吧。

或许在自己的脖子上勒绳子，向自己的身体投毒的行为，本身就是对人们的强烈警告。

这与那些冲动自杀的人们没有区别，同样是不给自己再来一次的机会，或是放弃重新评价自己。

至少直到现在，很多人都认为自杀者都是因为陷入往事无法自拔而选择了自杀。

人们都觉得大多数自杀者是因为沉浸在各种悲观的情绪中而选择了自杀。

真的是这样吗？

因为陷入往事无法自拔而选择死亡？

不是的。至少我并非如此。我对于过去，也就是现在之前的所有一切，都是满足的。

虽说最后并不是什么华丽的人生，并不是能够获得所有人尊敬的精彩人生，但我对过往是很满足的。

与我至爱的妻子和宝贵的女儿共度的时光……我爱这些过去，也很珍惜这些过去。

我选择自杀的原因是"未来"。

从现在开始一点点迫近的未来，我想逃开它。

我想从一点点迫近的未来的所有困难当中，逃脱出来。

逃开老去和疾病缠身的生活。

逃离没有至爱的妻子的生活。

我没有自信独自去面对这些。

因为不想体会那种自卑感而选择自杀。

你能原谅我的自私吗?

没错，爸爸那天受到了巨大的伤害。

你母亲死后爸爸常这样想：

"现在该我了。"

从那时起爸爸的计划就开始具体起来。

可是你……

都那样走了

今天我得知了我最尊敬的人的死讯。

他死了。

自己结束了自己的生命。

他选择了自杀。

尽管我不想接受这个事实，但他确实死了。

这是现实。

在听到他的死讯后，好一阵子我都无心做事。

我不是一个会轻易尊敬别人的人。

虽然读过很多伟人的传记，但却不觉得哪一位可以称得上是真正的伟人。

总觉得像是什么人编造的故事一般。

"人怎么可能那样完美，这肯定是假的。"

总是有这样的感觉。

曾经甚至还觉得伟人传上的那些都是伪君子。

那些只不过是写传记的人编造的假话而已。

如果爸爸能亲眼见到伟人传记中描述的场景，或许我才会在心中升起敬佩之情吧。

只有一个人，我见过真实的他。

我见过他的柔弱。

从他害羞的表情中看到了纯情。

所以我开始尊敬他。

他是我人生中唯一尊敬的一个人。

我从未与他直接接触过。

我一直想，如果有机会一定要拜访他，跟他聊聊天，感受一下他的气味。

可他却走了。

在得知他的死讯时，有一段时间，我根本没心思干活。

他的死亡在讲述着什么。

我知道他想通过死亡传达什么。

他对我说的话，我全都听到了。

他用死亡传递信息之前，我就明白了他的意思。

他的死亡是什么？

是有人把他逼得走投无路，是有人把他逼上了绝路。

我不想包庇他。他以死亡为人们讲述这一切。他选择将死亡作为一种沟通的方式。

死亡是一种手段。

许多人听懂了他以死亡讲述的故事，人们听懂了他用死亡传递的信息。

可是，我所做的选择与他不同。

我的选择不是对留下来的人的抗争或是抵抗。

也并非指定给准留下的信息。

更不是什么说明或是解释。

只是单纯地为了自己的幸福所做的选择。

换言之，我是为了自己的幸福选择了这条路。

没错，我纯粹是为了自己而选择这条路。

等待

我也是有了自己的孩子才明白的，

于父母而言最大的伤害究竟是什么。

虽然我没经历过，可最大的痛苦莫过于失去孩子吧。

孩子死在父母前面。父母都还活着，可孩子却先一步死去，恐怕没什么能比这种悲剧更令人难过的了吧。

我也听过失去孩子的父母的哭喊。

每当这时，我心中都会产生一种强烈的共鸣。

每当这时，我都告诉自己，无论发生什么事都不能让孩子死在父母之前。

有句话讲，世间最大的不孝莫过于死在父母之前。我极为赞同这一观点。

爸爸自杀的念头是很久以前，可以说十多年前就准备好了。

当时想马上去死，就那样立马死去。

诸多原因使我当时没有那样做，其中之一……

恐怕就是因为你的祖父、祖母，也就是我的父亲和母亲都还健在吧。

只要他们二老还健在，爸爸就绝对不能死。

所以我在等待。

并不是等待父母过世，而是在等待父母去世后按顺序轮到我能离开这个世界的那一天。

可父母却并未让我等待很久。

你说二老的感情怎么能够那么好，不过两年的时间就相继离开人世了呢？

人们常说老人在一起生活久了就会这样。一个走了，另一个也很快会跟着离开。

也许是因为思念吧。

父母都去了另一个世界后，早已是成年人的我却再次感到了茫然无措。

没错，爸爸那天受到了莫大的伤害。

你母亲死后爸爸常这样想：

"现在该我了。"

从那时起，爸爸的计划就开始具体起来。

可是你……

狠心的人

　　我曾参加过某个自杀的人的葬礼。曾听到过说自杀的人是这个世界上最自私、最狠心的人这样的充满怨气的话。

　　在死去的人的葬礼上，包括我在内的人们都在一句又一句地重复着这样的话。

　　"就这么一走了之，让留下来的人怎么办。都没见上一面，真是个狠心的人啊。这样一来他的家人成什么了，不成了一辈子的罪人了吗？总之，真是个狠心的人啊。"

　　那时我第一次明白了。

　　"自杀的人真的是自私又狠心的人啊。"

　　我当时也是那样觉得，只有光顾着自己、极端的自私主义者才会选择自杀吧。

　　之后我详细地了解了那位故人为何选择自杀。当然，是在葬礼结束很久以后了。

那位故人因为健康情况恶化，生活水平下降，导致他与身边人们的关系变得极度恶化。

那位自尊心极强的故人会因一句无关紧要的话受伤，与夫人和孩子间的关系也渐渐地疏远了。

一家人过了很长一段时间的苦日子。

所以他才选择了自杀。

如果是这样，那位故人选择的自杀是为了他自己吗？

如若不然，那么是为了他的夫人、孩子或是周遭的人吗？

我想了想。

上面两个原因应该都有吧。

自尊心强的故人自然是为了他自己而选择了这样的路。

可必须以这种方式吗？他选择这样极端的方式，只是为了自己吗？

不是的，一定不只是这样。

故人他应该知道自己已经感染了孤独而且病入膏肓了吧。

悲伤也已发霉。

他是为了夫人、孩子，为了让他们过与自己不同的、幸福的时光而做出了那样的选择。

我明白了。故人也好，故人的家人也好，他们谁生活得都不坏。

所有人都活得很好。

我们常常是三个人一起行动。

你母亲骑车在最前面，给我们一家人选一条最好的路。

我负责殿后，一边蹬着脚蹬子一边看着你和你母亲，

时刻关注着你们的情况。

痛苦

我们常常是三个人一起行动。

你母亲骑车在最前面，给我们一家人选一条最好的路。我负责殿后，一边蹬着脚蹬子一边看着你和你母亲，时刻关注着你们的情况。

万一你母亲走错了路，或是你摔倒了什么的，我关注着这样那样的情况，享受着属于我们一家人的"自行车兜风"之旅。

我自行车的塑料筐里，总是放着能让我们一家人休息的两张席子、短暂活动一下身体的羽毛球拍，以及能够遮阳的小帐篷……

你自行车的塑料筐里，总是放着你喜欢的娃娃和书……

你母亲自行车的车筐里，则是被饭盒、饮料，以及"巨大的幸福"塞得满满的。

我们一家人的兜风通常不会去很远的地方。

骑车走上一个小时左右的近郊，山上或是水边，都是我们的游乐园。

其他人都开着不错的车，载着大帐篷，玩的都是大手笔。可我们家却始终都是这样活动着全身的关节，感受着彼此的存在。

"骑自行车又能锻炼身体，多好啊……"

没有人问或是抱怨什么，可我偶尔还是会讲这样的话，好像在解释什么。

因为有你们，完完全全地接受了我的人生，所以我很幸福。

最近，我更深刻地感受到了，那看上去小小的、似乎是微不足道的幸福，却是我打心底渴望的"真正的幸福"。

因为你母亲到了另一个世界，而我也渐渐地老去。

怎么能够抛开这样的幸福，离开这个世界呢？

好怀念那些日子。每当我怀念过去时都会想起你。

怎么能在死后，也让留下的家人变得幸福呢？

爸爸为了追求最幸福的死亡，首先想到的是消除自己的痛苦。

接下来最重要的是什么呢？

是你。是我善良、可爱的女儿的生活……

在经受着金融危机时，爸爸常常想结束自己的生命。

爸爸对于死亡有一个原则。

要让你对我的死不会产生自责。

要让你对我的死不会产生怜悯。

带着幸福的回忆，变得更加幸福。

好的，接下来是什么呢？

要让你觉得"我爸爸走得真的很安详"，就是这个。

于我而言最幸福的死亡，是没有痛苦，同时不让你为爸爸的死感到惋惜。除此之外再无其他奢求。

但这一切似乎都是很难解决的课题。

意外

最幸福的死亡是什么？

我试图从自己接触过的几种死亡之中寻找答案。

最先想到的是我外婆的死。

那是我上小学时的事了。

有一天，我们家收到了一张讣告。当时那个年代，手机自不用说，连电话都没有。在我的印象里可能是用这种方式托人转告吧。

因为我听到的就是讣告的消息而已："奶奶去世了。"

接到母亲奶奶（我的曾外祖母）去世消息的母亲（你的奶奶），手足无措，泪流满面。

母亲匆忙上路，几天后怀着极度悲痛的心情回来。

我想不出其他安慰母亲的话。

"还好吗？"

"嗯，我没事。不过不是奶奶，是我的母亲去世了。"

重新整理一下母亲的话，事情的经过是这样的。

当时母亲的奶奶和妈妈都健在。

可给妈妈传讣告的人却把母亲的母亲去世的消息搞错了，使得母亲以为是自己的奶奶去世了，回了娘家。

我试着整理出当时从母亲那里听来的话。

"真的吓我一跳。听到的是奶奶去世的消息，于是回了娘家。可一回去发现奶奶好好地坐在大厅的地板上呢。我一开始以为是自己看错了，为什么，因为她好像在欢迎我似的。可却不是这样，不是我看错了，而是奶奶真的还活着。我还正纳闷难道是去世的奶奶又活过来了？结果妹妹抓住我的手告诉了我这个消息。说昨天晚上母亲睡着了，今天早晨起来就发现去世了……"

原来不是母亲的奶奶去世，而是母亲的母亲去世了。

可想而知，站在爸爸的母亲的立场，这种打击肯定更大。

虽然我没直接问过母亲，但不管怎样，奶奶的死与母亲的死带给自己的冲击肯定是不一样的。

以为是奶奶去世，伤心地回到娘家后，却发现是自己母亲的死讯在等着自己。这种情形要人如何接受？

爸爸的母亲就这样接到了自己"母亲的死讯"。

可从那以后，我却常常觉得，母亲的母亲，也就是我外婆恐怕是享受了最幸福的死亡的人了。

已年过七十的外婆，已经那么大岁数了还在伺候着自己的婆婆，而且始终扮演着儿媳妇的角色。

满头的银发，慈祥的笑容，那是爸爸一生都难忘的疼爱晚辈的长辈形象。

嫁到婆家后当了五十多年儿媳妇的外婆。

经历过日本殖民时期和朝鲜战争，在那样恶劣和艰难的环境中坚持了下来，在家里从未尝过作长辈的日子，一辈子过得都是儿媳妇的生活。

可我觉得她最后的死亡却比任何人都幸福。

那样的高龄还要每天一大早开始在厨房里忙活，给家人准备早餐，想必外婆在头一天晚上睡觉前还在考虑着"明天该给家人做什么饭菜才好"呢吧？

外婆的人生就这样画上了句号。

全家人都没意料到的死亡。

连外婆自己都完全没有预料到的死亡。

这应该是最幸福的死亡了吧。

没有恐惧就迎来了死亡。

我以为，最幸福的死莫过于绞尽脑汁也无法预料到的死亡了。

现在的我在计划着"能够准确预测"到的死亡。

猫的死应该算是"背影美丽"了吧。

我也能像猫一样留下帅气的背影吗?

我可以像猫一样结束自己的生命吗?我可以拿出那样的勇气吗?

8

背影美丽的人

一点、一点填满空白

记录已成为我的习惯。

也许这些文字就是源于这一习惯吧。

我从小学一年级起开始一直记录到现在，几乎把所有事情都记了下来。

那些文字现在都已泛黄，看上去好像从垃圾堆里捡来的东西一样；可对于我来说，儿时的日记却是宝贝中的宝贝。

直到现在，爸爸都是通过日记来跟自己对话的。

从小学一年级第一学期的 6 月 1 日起开始记日记。

当时记的都是图画日记，所以又写又画的，记得很清楚。

第一篇日记直到现在我还记得。

日记本的上半部分，也就是画画的地方，用灰色的蜡笔画着云。

我想画云团的。原本是想画白色的云朵，因为纸是白色的所以就用了灰色的笔。

下半部分写字的地方，讲的也是关于天气。

"早晨起来，天阴阴的……"

因为这本日记，爸爸能够保存着几乎所有童年的记录。

小学 6 年、中学 3 年、高中 3 年，12 年间的所有记录几乎都完整地保存着。

爸爸现在仍会与过去的自己对话。

乘坐着日记本这部时间机器。

爸爸相信，所有的记录都有它的价值。

所以才会如此热衷于写东西这件事。

如今，这些记录真的还有价值吗？

我在考虑着自杀。

做着留下我爱的孩子、一个人先离开世界的准备。

想着当一切都完美地准备好时，悄悄地离开。

曾经想过离开，到一个谁都找不到我的地方去。我是死是活，死了的话，在哪里死的，活着的话，又在哪里活着。没有人知道关于我的所有一切，就这样死去。

可一旦等我离开了，这台电脑到了谁的手上之后，就会很轻易地知道我在哪里，究竟什么情况了。

习惯这东西真是可怕。

最近爸爸不写日记了，取而代之的是这封信。

收信人是谁呢？

这封信是写给我自己的。

寄信的人，是我。

收信的人，是我。

"阅后即焚。"

这封信是我写给自己的，是向着我的心写的。是整顿我那没准儿会变得软弱的意志队伍，为了抓牢我那偶尔会变得脆弱的意志……

一点一点地，填满空白。

女儿啊，这不是留给你的信。

美丽的背影

曾听到过有人这样诋毁猫，至今难忘：

"猫最后都会背叛自己的主人。好多猫养了半天，最后却突然离家出走了。几年来尽心尽力地养着它，最后居然说走就走。你想想，这是多大的背叛啊，所以我才不养猫。"

爸爸觉得，这个人是没能抓住猫的特性。

我觉得猫并不是背叛了主人，反倒是对主人的一种体贴。

爸爸小的时候家里养过猫。猫抓老鼠吃，一滴血不剩地吃得干干净净。

猫在拉了屎或是撒了尿以后，从来都会用沙子或土把污秽物埋上。

它的特性就是不留下自己的痕迹。

听说猫在死的时候也遵循着这样的特性。

自己的身体不断衰弱，临死之前，猫都会悄悄地戈一个没人知道的地方，静静地死去。

不给别人带来麻烦，也不让别人看到自己可怜的样子。

所以我才会想试一试像猫这样的"结束生命的方法"。

不久前，我从电视上听到有人这样说，男人的"背影"、女人的"背影"，都应该是美丽的。

这个人所说的背影，指的是退出人生这个舞台时的样子。

他所说的"美丽的背影"指的是生命的尽头。

所有人，都是为了这个社会燃尽自己的生命，然后前往另一个世界。

有的人，尝试着努力向上爬，有的人，一辈子挣了很多钱。

可是，随着年龄的增长，人们或是沉溺于过去的荣华富贵，或是想方设法避免卑劣地结束生命。

猫的死应该就算是"背影美丽"了吧。

我也能像猫一样留下帅气的背影吗？

我可以像猫一样结束自己的生命吗？我可以拿出那样的勇气吗？

偷偷地

在受到那个打击之前，我一直都是"乐天派"。

总是好心情，很快乐。

跟人交往时都是乐呵呵的，谈论的也都是开心的事。

爸爸这一生中，几乎没有无由来的郁闷，或者因此产生轻生的念头。

打儿时起，爸爸就开朗、乐观。好多人见到我，对我的印象都是乐观、开朗。

我也很喜欢听人夸我乐观、开朗这样的话。有时还会听到这样的评价：

"您可真是爽朗啊。"

上年纪以后，如今开始考虑结束自己的人生了，可爸爸仍旧常做些"开朗"的梦。

自杀通常与抑郁症有着紧密的联系，

相当一部分的自杀都是源于抑郁症。

抑郁症是一种病。

这样来看，因抑郁症自杀的人都算得上是病死的了。

因为抑郁症这种病而自杀，

这与患病身亡似乎没什么不同。

当然，也有的抑郁症是先天的，但后天患上抑郁症的情况则更为普遍。

生活困难、境况不好、经济不景气、压力太大……

这样那样的理由导致患上抑郁症。

突然开始严重抑郁，程度更进一步则会有轻生的念头，最后就真的自缢身亡了。

生意失败导致难以糊口，高考落榜无颜面对父母，与恋人分手而失去了生的希望，被公司解雇而觉得前途渺茫……

基于这些原因选择自杀的人有很多。

但这样的自杀只会给身边的人们带来悲伤和痛苦。

生命的某一个瞬间就像是接受抗癌治疗一样，有需要你去克服的时候。虽然并不容易，但应该堂堂正正地去战斗，去打赢。

我的选择并非出于上面那些理由。

既不是因为患了抑郁症病死，也不是为了可耻的逃避现实。

爸爸是为了包括自己在内的所有人的幸福而做出的选择。

爸爸挑战了死亡。

不会给所有人带来痛苦的死亡是什么。

不会给所有人增加麻烦的死亡是什么。

不会让所有人痛苦，不会给所有人添麻烦的死亡，我想堂堂正正地去挑战。

我希望没有一个人会因为我的选择而受到伤害。

从这一点来看，我的几个草率的计划中还存在着诸多问题。

某个陌生的国度，在某个小村庄的车站登上火车旅行，在列车最后一节车厢打开的门前打盹儿，啪的一下跌落火车死亡的计划。

这种死亡也会给很多人造成麻烦。

为了处理我这个跌落铁轨的人，需要动用很多人力。

火车司机会想，为什么偏偏是在我的火车上发生这种事故，怪自己运气不好。或许他的妻子和家人也会因此度过许多不眠之夜吧。

我还想过开车冲进某个湖水中这样的死法。

这个计划同样也存在很多问题。

倘若有人看到了我开车冲进水里这个情况，那么搜救工作肯定也要动员很多人力的。

就算没人看到，在某个干旱年头的春日，沉在水底的我和车子也会暴露出来，警察们为此也会大忙一阵吧。

韩国和日本之间，在前往玄界滩的船只上投海怎么样？

如果是通过正常手续坐上船，那么我投海的消息很快就会被人所知，这样又会给很多人带来困扰。

如果非玄界滩不可的话，我只会偷偷地上船。

偷偷地。

我并非是为了留给你而努力置办下来的，
是我自己想至少要把这个留下，
不然也不会撑到今天，我是这样觉得的。
我葬礼需要的花销，
已经预留在另一个存折上，到时候就用那个吧。

9

想
着
你

钱

一天一天的真累，

一年比一年花销要大，

负担起来真是不易。

挣到手的没什么东西，花出去的却不断在涨。

最近红白喜事花出去的份子钱真是不少。

光这一个月就拿出去了两个 10 万韩元的和两个 5 万韩元的份子钱，日子已经"摇摇欲坠"了。

交完物业费和各种公共费用，这点不固定的月薪很难维持生活了。

金融危机时被迫以"退休者"身份离职，当时拿到的退休金也早已花光。

靠着你母亲葬礼时收到的赙仪金生活到现在，可现在也已经开始见底了。

金融危机以后月薪低得简直说不出口，原本是我晚年唯一希望的养老金（国民年金），也再没什么指望了。

今天，我静静地待在家里，把我的财产好好算了一算。

虽然用的是"财产"这个词，但实际却并非如此。

可以把这个称之为财产吗？

我住着的这间房子，换算成不动产中介门前贴着的价格，可能也没多少。

但却是我最大的财产，也是唯一的财产。

我想把它留给你。

我并非是为了留给你而努力置办下来的，

是我自己想至少要把这个留下，不然也不会撑到今天，我是这样觉得的。

我葬礼需要的花销，已经预留在另一个存折上，到时候就用那个吧。

彩排

今天我对死亡进行了彩排。

一开始，听说有那样的地方，还感叹着"真是什么东西都有啊……"今天去了一趟之后，觉得还真是个不错的地方。

事实上，提前体验死亡，至少进行一次彩排从很久以前就是我的计划之一。

在那里可以尝试与死亡有关的各种体验。我一直以来就特别想体验一次躺在棺材里的感觉。

提前彩排与世界的离别，从这个角度来想觉得还蛮有意思的。

先写下遗书。

不过我觉得，反正都死了还需要多说什么呢。

我写下了这样的遗书：

"真的很幸福。虽然偶尔会觉得累，也会感到孤独，但更多的时间是幸福。谢谢大家。"

这哪里是什么遗书，分明就是"感谢信"啊，自己都忍不住

“噗嗤”笑了出来。

“棺材”很吓人。棺材那厚重的盖子仿若今生与来世的分界。

那是一种与我无关的陌生感。

身体放入那沉重木棺的一瞬间，冰凉的感觉遍布全身。

棺材里比想象中要宽敞。尽管肩膀部分有点不太舒服，但很雅静。

盖子合上后，眼前是一片黑暗。

开始，在棺材尾部能透进来光。

那一缕光就好像是我仅存的生命一般，一点点慢慢变细变小。

外面传来了哐哐的声响，包裹着我的树木发出了巨大的哭声。棺材仿佛是一个巨大的共鸣器，声音在耳边回响着。

感觉自己像进了一面大鼓里一样。

这时，光线完全消失了。

黑暗找上了我。

完美的黑暗，让我不由得想起从前学摄影时进到的暗房。

外面再次安静下来了，完全可能就这样睡过去了。

没错，生与死只在一线之间。

假如外面的工作人员一下子忘记打开棺材，那么我面对的就是死亡。

但我并不怕，反倒觉得那样也不错。

棺材再次被打开了。

我从阴间又回到了人世。

我想，用不了多久，我会再来这的。

讣告

女儿啊！

爸爸想最后再拜托你一件事。

尽管可能会比较繁琐，但如果可能的话，希望你能满足我的愿望。

没必要大范围地通知爸爸的死讯。

爸爸终究不是什么有名的人，也没给这个社会留下什么。

只希望你能把爸爸的死传达给必须要告诉的人。

我已经列出了一份需要你传达爸爸死讯的名单，你就按那个来吧。

对了，要不要通知你身边的朋友，你自己看着定就好。

我想我的葬礼要尽可能地简单。

最近没有什么关于葬礼是应该简单还是应该奢华的争论了，但我希望我的葬礼能够尽可能低调地处理。

绝对不要收赙仪金或是花圈。

希望你能在向身边人通知爸爸的死讯时，一并告知大家不要送赙仪金或花圈。

寿衣就算了，爸爸想穿一身平日喜欢的衣服。

如果是你给我买的衣服就更好了。

棺材也挑一个便宜点的就好。

反正是要一把火烧掉的，在这种地方没必要多花钱，对吧？

尸体自然是要火葬的。

火葬之后，一定要帮我实现我一直以来心心念念的树葬。

我们一家人去过的那座山，就把爸爸的骨灰撒在那棵树下，每当你想起我时就去那看看吧。

如果那棵树有长高，有生出新的枝桠、发出新的叶子，你就把它当作是爸爸的分身，好不好？

"他回归自然了。以他喜欢的方式，什么都没有留下。"

也许，你会希望爸爸能够留下些什么吧。

这时你就在我们一起种下的那棵树上做个小标记吧。

一切都是浮云。

爸爸什么都不想留下。

只要能在你心里留下美丽的碑刻，这就够了。

就连这个，也终有一天会变浅变淡吧。

女儿啊，你不需要为爸爸留下什么。

也不要去记录什么。

一切终将离去。

总有一天我们也会从彼此的心中离去。

布告

令您在百忙之中还要为我的死伤心。

要安慰我的家人。

衷心地感谢出席我葬礼的各位。

也许您在接到我的死讯时会很惊讶。

既没听说我患上了什么疾病，也没听说发生了什么事故之类的事，这样一来就觉得更意外了吧。

或许各位直到参加葬礼前都会很奇怪我究竟是怎么死的吧。

还希望各位不要太吃惊。

我选择了自杀，亲手结束了自己的生命。

尽管可能会很纳闷我为何选择自杀，但我在写下这些文字时，还没决定自杀的方式，所以我现在也不确定我最终会选择哪一种死法。

　　不过，我的确会亲手结束自己的生命的。

　　为了这一天，我已经准备了十年。

　　在决定自杀后，我总会想起曾听到过的这句话。

　　"自杀的人真是狠心的人，残忍的人。"

　　因为会给留下来的人带来巨大的打击，所以这个世界上最狠心、最残忍的人莫过于选择自杀的人了。

　　我在听到这些话时也觉得是那样。

　　自杀的人真是不负责任，会给留下来的人们带来巨大痛苦的残忍的人。

　　可当我自己也考虑自杀时，却产生了不一定就是那样的想法。

　　或许自杀是对留下来的人最好的关怀也不一定。

　　所以我才留下这些文字。

　　我并非因为活不下去，或是厌倦了这个世界才选择自杀。

　　一直以来我将"功成身退"这句话奉为信条。

　　而且决定在人生走到尽头时一定要将其付诸实践。

　　是这样的。为了功成身退时离开，我决定自杀。

　　我现在虽算不上什么成功，但现在却是我离开的最佳时间。

　　我很幸福，可以说是我人生中最幸福的时候。

我敢说，我在某种程度上已经完成了自己应该负责的事。

与我同甘共苦的妻子已因车祸早一步去了另一个世界。

我对她真的是亏欠太多，可却已没办法弥补。

不过，她给我留下了一个作业，如今我已完成了这份作业。

妻子留给我的作业就是给女儿一个美好的家庭。

女儿已经在组建自己的家庭，离开了我的身边。

现在，我已经没有任何作业了。

只剩下定好日子离开了。

我能够自己整理结束自己的人生，真的很幸福。

我可以用自己的力量干干净净地结束自己的人生，离开各位的身边了。

感谢各位。

因为有你们我很幸福。

读的过程中，与父亲相处的回忆涌上心头，

那些时光历历在目。

我成长的同时，父亲也渐渐老去。

我竟忘记了这一点，父亲永远是父亲。

10

爸爸，求求你

前天晚上

凌晨 3 点。父亲的信，我整整看了两个小时五十分钟。

父亲已经准备好了与我的离别。十年的时间……一直在计划着与我的离别。

如果想到明天的婚礼，想到一早还要化新娘妆，我应该睡觉才对，可我却没办法不去看这些信。

我没有眼泪，因为我绝对不会让父亲死。

因为我会让父亲为了我活下去。

我还有很多没对父亲说的话。

我忘记了，父亲还有自己的人生，还有以父亲的身份走过来的日子和今后要走的日子。

每当生活遇到不如意时，总会将其归咎于父亲的错。

读的过程中，与父亲相处的回忆涌上心头，

那些时光历历在目。

我成长的同时，父亲也渐渐老去。

我竟忘记了这一点，父亲永远是父亲。

父亲说这封信的收信人是他自己。

可这封信件唯一的收信人只有我。

我是这样觉得。

父亲从十年前就开始准备写给我的信。

父亲花了十年的时间给我写下的信。

那还可能是单纯的信件吗？

不可能。

那是遗书。

父亲用了十年的时间留给我的遗书。

父亲真的打算把这封信留给我之后结束自己的生命吗，我无从知晓。

可我已经决定要写一封信了。

时间不多了。

明天一早，不对，是在今天的婚礼开始前，我必须要写出一封能够使父亲回心转意的信。

　　我要在明天的婚礼现场把这封信读给他听。

　　尽管我爱着父亲，但我对父亲，包括对父亲的生活都太缺乏关心了。

写给你

爸爸，

我要先跟你道歉。

事实上，昨天晚上我没经爸爸的允许就进了你的房间。

我想给爸爸留下感谢的话，所以打开了电脑，结果看到了爸爸十年前开始写下的那些文字。

爸爸，为什么那么多的话你都只对着电脑说？

对于从电脑上看到的爸爸说过的所有的话，我都会守口如瓶。

不会对任何人讲，全部都会埋在我的心底。

不过，今天我要向爸爸一股脑地说出我的心意。

就是对爸爸，对"你"说。

女儿对爸爸直呼"你"都会觉得幸福，你真是这个世界上最大的傻瓜。

有时会笨手笨脚，但却比任何人都爱我的你。

无论什么时候，我都需要你。

如果你不守护在我的身边，也许我在这个残酷的世界根本无法生存下去。是你让我在想骂人、想耍赖、想逃跑时，随时来找你的呀。

也许你已经记不得了，那是我上小学那年的春天。

那天我抓着你的手，走在白色樱花盛开的街头。

虽然是变化无常的春日，但我记得那天的天空格外的蓝。

我们在樱花树下走了好一段路。

你蓦然间抬起了头。

你当时大概有我三个高吧，感觉是。

我抬头望着你的脸，看到了白色的樱花和蓝得不真实的天空。

直到现在，我还忘不掉当时的那种感觉。

碧蓝如洗的天空，绚烂的樱花。

从默默地走着的你的脸上感受到的那份泰然自若。

我很喜欢。

今天我将离开养育我 30 年的你的身边。

但我一点都不害怕，

因为我相信那天在樱花下感受到的你的那份泰然。

就像那天我们手拉着手走在樱花街头一样，

今天我也要抓着你的手走上这条路。

所以，我有一个请求。

今天我抓着你的手走进婚礼仪式现场时，

我会只看着前方。

爸爸，你来帮我看着我脚下的路。

让我不要踩到长长的裙摆

或是扭到穿着高跟鞋的脚，

让我不要摔倒，只帮我看好我脚下的路。

就像你一直让我看到的那样，陪我一起走。

这样，我就不会摔倒，认真地生活下去。

你来做我终将出世的孩子的姥爷吧。

像你对我那样，也给我的孩子看看那些精彩的路、幸福的路。

带孩子去看看树林，带着他走，给他讲许多许多有趣的故事。

看到公交车经过，告诉孩子那就是公交车。

有飞机经过时，就像你曾经对我那样，也突然兴起，让我的

孩子骑上脖梗。

给孩子讲讲他未曾谋面的姥姥的故事。

包括我也没听过的，所有的事。

爸爸是如何遇到的妈妈，又是如何相爱的，都讲给孩子听吧。

爸爸，你来教会我的孩子懂得什么是爱吧。

请为了我，放弃你的决定吧。

我依然需要爸爸。

回信

好吧，女儿。

如果你把它称为回信的话，那它就是回信了。

那么最后这个就应该叫作给回信的回信了吧。

我留在电脑中的文字，并不是为了有意留给你看的。

它只不过是我为了整理自己的思绪才写下的而已……

一夕之间其实很难颠覆我历经十年的烦恼最终做下的决定的。

但从结论来讲，我决定转变我的想法了。

婚礼现场你读给我的那封信，

是它颠覆了我十年来的计划。

那封信让我十年间无数的痛苦和烦恼一股脑都消失殆尽。

或许爸爸我，

就是在寻找我"存在的理由"吧。

不，"存在的理由"这个形容太模糊了。

暂且把它称作我为了活下去的"说辞"，或是"借口"？

首先，这是我在这个世界上唯一的女儿的强烈的愿望，
如果把那个愿望看作是"我的存在"的话，
那我也只能重新考虑一下"我的存在"吧。

女儿啊，你母亲和我最最深爱的女儿啊。
爸爸日后想出趟门。
原本打算留给你而备下的存折，我想把存折里的钱取出来。
想花掉存折里的那笔钱。
这样做可以吧？

我想尝试一次一直以来的梦想：
坐上西伯利亚大铁路的列车，奔驰在西伯利亚大平原上；
或者，坐上列车奔驰在白雪皑皑的日本北海道——那片白色的
原野上如何？
再不然，就到非洲某个小村落教孩子们韩文怎么样？
又或者，到印度尼西亚某个村子去种树；
也可能会骑自行车踏遍荷兰每个角落……

我尝试过就回来。
我保证，一定会回来。

一定要看到你的孩子，也就是我的外孙子、外孙女啊。

一起在春日里漫步，

一起看看春天的花。

想和你的孩子一起，

给他讲讲你母亲的故事，再讲讲你小时候的故事。

一定要告诉你的孩子，他的外婆是一个多么善良的人。

我现在正在去往仁川机场的地铁上，

揣着一张没有归国日期的单程机票。

不过女儿啊，你依然可以怀着你儿时的那颗心，那样地相信我。

我的女儿，我爱你，也谢谢你。

所以，我有一个请求。

今天，我抓着你的手走进婚礼仪式现场时，

我会只看着前方。

爸爸你来帮我看着我脚下的路。

让我不要踩到长长的裙摆，或是扭到穿着高跟鞋的脚，

让我不要摔倒，只帮我看好我脚下的路。

就像你一直让我看到的那样，陪我一起走。

后记

这本书是一位决定自杀的父亲的生活记录。他在 50 岁左右决定自杀后，为此做了十年的准备。

他这十年间所做的就是守护包括女儿在内的身边的人。为了减少身边人可能因为他的自杀遭受到的打击，他付出了百般努力。他留下了许多的话。他在一句一句地说服身边的人们"愉快"地接受他的自杀。

他努力隐藏自己经受的无数的痛苦，试图"说服"人们。他的说服不禁令人潸然泪下。

但他却漏掉了特别重要的一点，那就是即便他留下这些话表明了自己的心意，却终不能减轻周围的人所受到的伤害。

如果他真的爱自己身边的人，就应该避免自杀这种极端的选择，他忽略掉了这一事实。

只要他活着，就是支撑女儿的力量。但他并不明白。

十年的时间，他的决定就像滋生出的毒瘤一般，多亏女儿的一句话使其回心转意。

"我依然需要爸爸。"

我想把这句话转达给这片土地上无数的可能正在考虑自杀的人。

"你是某一个人不可或缺的人。"

身为一名记者，我见过也接触过许多自杀的案例。读过自杀的人留下的遗书，也看过留在手机上的短信。它们都包含着同样一个令人惋惜的事实。有时，遗书或是短信上也会写着出于对"活着的人"的报复，但大部分都是对"留下来的人"的爱。

最后，真的是最后想说的话，都是之前因为这样那样的原因没能说出口的话。

最常见的就是"爱"、"对不起"或是"抱歉"这样的字眼。

所有的记录，所有的字眼都在刺痛着读信的人。我们能够体会到写信的人的痛苦。但或许读信人的心早已被撕成碎片。

大韩民国是世界排名第一的"自杀国度"。在这里，选择自杀结束生命的人比世界上任何一个国家都要多。

我们不可以就这样放任"韩国"成为"自杀的国度"。韩国人自杀的问题已经成为了一个严峻的社会问题，对此似乎已是束手无策，基于这一出发点我开始写了这本书。

不知是否可以用"高兴"来形容，不久前听到了一个与自杀相关的令人"高兴"的消息。

韩国的自杀率（每 10 万人中自杀的人数）首次减少。新闻的核心内容就是 2012 年韩国自杀死亡的人数比上一年下降了 11 个百分点。

不管怎样，"坏事情"的减少或是消失总是好事。

可看到那个比率，却实在难以用"高兴"这个词来形容。

"14160 人。"

这是 2012 年自杀死亡的人数。虽然下降了 11 个百分点是令人"高兴"的理由，可自杀的人仍旧是太多了。

平均每天有 38.8 名国人在选择结束自己生命的时间和地点、斟酌最后留下来的遗言，这样的情形每天都在上演。这就是21世纪大韩民国的现状。

他们在自杀前经受了多少痛苦？该有多恐惧，多害怕？又流下了多少泪水？

接到他们自杀消息的家人、朋友又会流下多少伤心的眼泪？该有多揪心？会因为他的自杀而多么自责？

有评论称，经济合作与发展组织（OECD）的成员国是"自杀的国度"，而成员国的自杀率排名，无出韩国之右者。

OECD成员国平均10万人中自杀人数是12名，但韩国的自杀人数却超过28人。韩国的经济创下了举世瞩目的奇迹，但收获的"果实"却没能保障个体的幸福。

这样的国家能被称为"适宜生活的国家"吗？还不如说是"适宜自杀的国家"吧？

一段时间以来，我见到了很多老年人。他们当中，相当多的老年人在考虑自杀，在谈论自杀。起初，我以为只是嘴上说说而已，但事实并非如此。

相当多的老年人都在将自己的想法付诸实践。无数的老年人再没有生活下去的力量，失去自信后结束了自己的生命。

我们已经到了无法阻止老年人停止自杀的地步了。老年人的自杀率随着年龄的增长在急剧上升。80岁以上的老人，每年每10万人中自杀的人数达到104.5人，70岁这一数值为73.1人，60岁则为42.4人。

自杀率为何会随着年龄的增长而上升？

一个人的年龄与他的经济、社会地位是呈反比的，没有人会去倾听他们的声音。

防止老年人自杀，需要社会最基本的关怀。应该首先从倾听他们的声音做起。

走向自杀的"婴儿潮人群"也在增加。1970—1980 年，他们作为韩国产业化的主力军活跃在社会各个阶层，一直以来都是家庭的支柱。这些 50 岁左右的男性在经济危机中，无法克服生活的困难而选择了自杀这种极端的途径。这样的悲剧也在不断增加。

"婴儿潮"的核心人群——50—54 岁的男性，每 10 万名就有 62.4 人自杀（2009 年数据），20 年前的 1989 年，这一数值为 15.6 人，增幅竟然达到 300%。

这意味着，"婴儿潮"这一代的男性到了 50—54 岁时，比起 20 年前同年龄的男性，选择自杀的比率高出 4 倍。

他们为何选择死亡？以"婴儿潮"这一代的男性中有过自杀冲动的人为对象，进行了问卷调查，结果显示，有 44.9% 的受访者是缘于"经济困难"，余下的则是疾病（11.3%）和孤独（11.0%）。

这一调查结果显示出，"婴儿潮"这一代的男性中相当一部分是出于"经济问题"而选择了自杀。

自杀率也常在危机到来时陡然增加。

亚洲金融风暴来临的 1997 年，这一代人中，每 10 万人中自杀者仅为 29.5 人。而次年，10 万人中自杀的人数便激增至 48.5。2008

年金融危机当时也出现了类似的情况。10 万名中的自杀者，从 2008 年的 47.1 人增加至次年的 62.4 人。

肩负着老婆孩子全家人生计的一家之主，在经济困难面前无法承受那份巨大的压力而最终走上自杀这条路的例子有很多。50 岁的男性，作为"婴儿潮"一代的主力阶层在巨大的竞争中生存了下来，可随着他们慢慢成为父母和子女这两代人中间的"夹层的一代"，做出自杀这种极端选择的人也很多。

如何阻止被称为"自杀预备军"的"婴儿潮"一代人走上自杀之路，也是当下亟须解决的问题。

"自杀大国"的韩国，还有一个特别的现象，那便是回避心理治疗。

OECD 国家中，大韩民国戴着"自杀率第一"这个不光彩的头衔，尽管因患抑郁症自杀的比例逐年增加，但却很少有人会接受专业的精神、心理咨询治疗。美国某家媒体曾报道，"在韩国，每天都有数十人自杀，但会像西方人一样接受精神治疗的患者却几乎没有。"

韩国人打造出了高速的互联网络，通过种种技术革新制造出了尖端机械，却排斥着精神咨询治疗，而它恰恰能够减少抑郁症和压力这一自杀的元凶。专家分析称，"时间会治愈一切"之类的盲目心理，导致了韩国社会对精神治疗存在着消极认识。相比患上抑郁症这样的事情，韩国人更担心的是自己患了抑郁症的情况被别人发现。一旦接受精神治疗就会被当作有问题的人，整个社会对这一问题的认识依然没有改观。对咨询治疗的落后认识仍旧根深蒂固。不能理解仅与心理医生聊聊天就要交治疗费的韩国人还不在少数。

甚至有分析认为，强迫孩子从小开始，一直到青少年时期始终处于"无休止的竞争"之中，是这个看重面子的社会把人们逼上了自杀之路。

韩国特有的儒教中大男子主义和强调集体责任感的社会氛围，也与自杀的增长不无关系。过重的工作压力、攀升的离婚率、高考的地狱、以男性为中心的酒文化等，太多太多都成为了自杀率上升的主要原因。

像毒蘑菇一样在韩国国内蔓延开来的自杀网站上，不难看出，"自杀"已成为传染性极强的一大社会现象。

分析韩国人选择自杀的社会性、文化性原因，并对症下药已经成为当前一个亟待解决的课题。

希望这本书能够在治疗"自杀率最高的国家——大韩民国"过程中尽到微薄之力。

尹熙一

图书在版编目 (CIP) 数据

爸爸，我们永远不分离 ／（韩）尹熙一著；李润楠译 .
—北京：中央编译出版社，2016.6
ISBN 978-7-5117-3037-4

I. ①爸… II. ①尹… ②李… III. ①随笔－作品集－韩国－现代
IV. ① I312.665

中国版本图书馆 CIP 数据核字 (2016) 第 124777 号

爸爸，我们永远不分.离

出 版 人：葛海彦
出版统筹：贾宇琰
责任编辑：霍星辰
责任印制：尹 珺
出版发行：中央编译出版社
地　　址：北京西城区车公庄大街乙 5 号鸿儒大厦 B 座 (100044)
电　　话：(010) 52612345（总编室）　　(010) 52612333（编辑室）
　　　　　(010) 52612316（发行部）　　(010) 52612317（网络销售）
　　　　　(010) 52612346（馆配部）　　(010) 55626985（读者服务部）
传　　真：(010) 66515838
经　　销：全国新华书店
印　　刷：北京溢漾印刷有限公司
开　　本：880 毫米 ×1230 毫米　1/32
字　　数：140 千字
印　　张：7
版　　次：2016 年 6 月第 1 版第 1 次印刷
定　　价：28.00 元

网　　址：www.cctphome.com　　邮　箱：cctp@cctphome.com
新浪微博：@ 中央编译出版社　　微　信：中央编译出版社（ID：cctphome）
淘宝店铺：中央编译出版社直销店（http://shop108367160.taobao.com）(010)52612349

本社常年法律顾问：北京嘉润律师事务所律师　李敬伟　问小牛
凡有印装质量问题，本社负责调换，电话：010-55626985